长篇报告文学

本色红亮

十九大代表　全国劳动模范
周红亮纪实

李　彬　著

西北大学出版社

题 记

　　多天的相处，多次的田野采访，我认为周红亮是这样一个人：他在喧嚣的天地间听到了良知的召唤，他在浮躁的社会里坚持道德的标高，他在眩晕的诱惑中坚守本色的力量，他在功利的迷障下追求工匠精神。当然，还有他的诸多同事们，这是一个志存高远、生机勃勃的团体。他们在极其艰难的条件下工作学习，钻研创新，不是为了成名成家，不是为了养家糊口，而是把工作视作人生的元素、思考的材料，借此磨炼自己的创造能力，寻找平静中孕育辉煌的风范。

——作者

目　录

国网宝鸡供电公司

国网宝鸡供电公司始建于1959年，隶属于国网陕西省电力公司，是国有大型骨干企业，担负着宝鸡地区电网的规划、管理、建设、调度、运营和抢修等重要职责。

近年来，该公司牢固树立"四个意识"，积极履行政治、经济、社会三大责任，认真践行"创新、协调、开放、绿色、共享"发展理念，坚持"人民电业为人民的企业宗旨"，努力超越、追求卓越，大力推进电网发展方式转变和企业发展方式转变，在从优秀向卓越持续迈进的过程中，充分发挥"六个力量"作用，为地区经济社会发展做出了突出贡献。

企业蝉联"全国实施卓越绩效模式先进企业"，先后获得"中央企业先进集体"，"全国电力行业质量先进单位""陕西省文明单位""陕西省信用建设先进单位""国网公司先进单位""陕西省电力公司综合先进单位""宝鸡目标责任优胜单位"等称号。

职工周红亮获得"全国劳动模范""中国好人""大国工匠""国网公司特等劳模"等荣誉，2017年，他带着国网陕西省电力公司干部职工和370多万宝鸡人民的嘱托，光荣出席了党的第十九次全国代表大会。

陕西省委书记胡和平亲切接见周红亮

时任宝鸡市委书记上官吉庆为周红亮颁奖

宝鸡市委书记徐启方与周红亮合影

国网陕西省电力公司董事长卓洪树与周红亮合影

国网陕西省电力公司总经理沈同慰问周红亮

党的十九大代表周红亮

周红亮给国网宝鸡供电公司干部职工宣讲十九大精神

导　语

"我们从何处来？我们是谁？我们向何处去？"

这是一个世纪以前，法国后印象派画家高更的一幅著名画作。他在这幅画作中提出来的三个重要问题，是考验人类生存的根本问题，更是考验人类灵魂的哲学提问。不论是伟人和普通人，不论是艺术和艺术家，还是艺术家和其的作品，同样都要面对这三个问题的拷问——我们是谁？我们从哪里来？我们到哪里去？这似乎是人类永远的困惑与面对的问题，又是现实中人们不得不深究、探求的意识与行为之源！我们是谁（志趣、价值、技术……），从哪里来（信仰、思想、经历……），要到哪里去（理想、遵循、选择……），这是决定任何组织、个人思想与行为必然的结局的前提——人之灵魂的表达！

相对于世界，人是渺小的。我们无力改变世界，但可以改变自己、影响他人；一个人的力量虽然难有大的作为，但点点滴滴人类文明力量的凝聚就会有燃起星星之火的可能。一个人的坚持、寻觅、唤起，那不只是一个人的希望，而是一个团体，一个国家，一个民族的未来。

人是创造世界的主体,世界是为人服务的。就艺术而言,人是艺术最直观的表现形式,所有的艺术都是围绕人的本质展开运行。文化艺术的创作和阅读,说到底就是人的创作和阅读,离开了人的参与,就谈不上文化艺术。文字所承载的使命,最终目的是警示世人、启迪后人、传承文化,而非宣泄自己,一味表达小我。其实,举凡优秀的文艺作品,写的都是离你很远的事物,读的却是离你很近的情怀,沉重、庄严而亲切。这些心怀敬畏,长存温暖的艺术作品会成为记忆里的强光亮色,也会点燃我们对人的热爱与尊重。

"文学即人学",是指向普通人的,更关心人在历史中的命运与情感。文学是解读文明的特殊方式,它的价值并不逊于历史,因为它往往能够精准地把握一个时代的气息,描绘一个民族的精神风貌和情感本质。也就是说,文学的终极意义是面对人生,抒写人情,挖掘人性。文字只是个外壳标识,思想和底蕴才是价值旨归。

书中有人,书中有情,书中有道,书中有德——周红亮用自己身体力行的工匠精神不遗余力地回答着这个哲学命题,也用赤子般的心血建构了具有中国气质的视觉欣赏盛宴;不好高骛远,不急功近利,认准一个目标全身心投入,把事情做到极致,让人生焕发精彩。这样,他的形象接地气、有底气、有生气、有才气,折射着的是生活状态,彰显着的是时代精神。

第一章　让沼泽的水位升高的是雨

一个事件从何时开始？它并不开始。总有些什么在它之前。它开始，就像河流始于小溪，而小溪始于沼泽中一条涓涓细水。让沼泽的水位升高的是雨。

——夏斯汀·埃克曼《那只狗》

山色空蒙、秋高气爽的清晨，我躲在秦岭深处的"天然汇写生基地"写作长篇小说《水围城》最后的篇章。窗外长天如洗，层林尽染，让我如处生态氧吧，抑或渊明问津的桃园。繁花已经谢尽，枝上果实累累。在这宜人的季节，让我不禁想起瑞典女作家夏斯汀·埃克曼的小说《那只狗》中的一段话，充满诗意的童话般的句子，像是连接到了比"从前有座山"更久远的，鸿蒙之初开天辟地后不久的事。说不清到底从何时开始，它一方面强调了事件或事物的链条像雨积成河，另一方面也在提醒：自然世界的时间与人类社会的时间，长度和节奏不同；前者或许缓慢但一定久远，从久远而来，又通向比人的生命更久远的将来。

好事多磨。我在心里感慨命运多舛的小说人物，感叹倾注了十多年心血的作品是一曲遥远的严峻的乡村牧歌。拉回我思绪的是一个人，一个坐在对面的人。其实，他坐在对面很久了，文质彬彬，默默无语，沉静如身后的山，深邃如涧底的水。中间是一杯茶，清香四溢，袅袅的香气在眼前升腾、弥漫、幻化，氤氲着我们两个人对话交流的氛围。对话的人是周海军，国网宝鸡供电公司总经理；说的是电网的事，谈的是管理的话。他把电网建树说的津津有味，他把企业管理谈得井井有条，而且充满理想，极具高度，好像在传播一个了不起的中国故事。恕我孤陋寡闻，听不懂过于专业的叙述，不相信过于高尚的人事，甚至有些疑惑：现在还有这样爱岗敬业，乐于奉献的企业家吗？但我能感受到，在历史传承的意义上，周海军继承了中国近代史以来企业报国的传统，他身上自强不息的卓越精神，既有对国家的忠诚，也有对事业的倾注。

周海军和我商谈一件事，一件大事，一件让我心生感慨，乃至不可思议的事。他郑重其事地邀请我去一个地方，采访一个人，为其写一本报告文学。按说，作家对于题材应该是警醒的、热情的，但这件事太完美了，太崇高了，太辉煌了，有一种激动人心的普世价值，让我日渐淡泊的心有些难以承受。周海军精神抖擞，两三个小时了，一直用一种舒缓的语气陈述这个人，这件事，这个地方，态度极为严肃，神情特别庄重，每一句话都充满着激情，充满着关爱，充满着高尚，有着极强的时代感染力。

真实是一种天道，真诚是一种人道。相知行远这些年来，无论是待人接物，无论是处世处事，周海军一直用他坚定的人生信念，平和执着地践行着天人合一。人心一真，便城可陨，霜可飞，金石

周红亮和他的团队先进事迹先后四年春节期间荣登央视

可镂。我被周海军的真诚感动了，也有了几分带着好奇的创作动力，爽快地答应了他的邀请。这并不奇怪，人的感知，如同辛勤采蜜的蜜蜂，总是喜欢飞向最先绽放且芳香宜人的花枝。趋美是一种天性，但理性的作家却会追溯审美，来找到这朵花枝的根茎，去探寻芳香的来源。当我问询的那个人带给我一个又一个的惊奇时，竟然也受到感染，感触，感知，感召，为一连串浸透着心血和汗水，折射着成就和价值的事迹骄傲、自豪、愉悦、兴奋、感慨⋯⋯

什么人？什么事？竟然让一个企业家用心良苦，这般沉迷？

这个人是周海军的同事，他的朋友，他的部下，他的榜样；这个人是中国共产党第十九次全国代表大会代表，是"全国劳动模范"，是"中国好人"，是"国网工匠"，是"青年突击手"；这个人四次上过中央电视台"新闻联播"，五次获得过国家荣誉，多次被各级媒体采访表彰；这个人年龄不大，学历不高，地位不显，话语不多，这个人叫周红亮，国网宝鸡供电公司运维检修部秦岭输电运维班班长，大山深处一个普普通通的基层线路工人。

人是艺术最直观的表现形式,所有的艺术都是围绕人的本质展开运行。当然,我们不能简单地因人废事,以偏概全,但似乎更为尊敬的是人的专心致志,又红又专、德艺双馨。榜样的力量是无穷的,这也是我们这个时代不断推出先进标兵、模范带头人的重要原因。周海军是一个敬重人才,内心有光的企业家,他温暖而清醒地看着这个时代,知道这个时代的喜怒哀乐,苦辣酸甜。就自己而言,他视国网建设为人生的乐趣、神圣的事业,三十年来,勤勤恳恳,兢兢业业,态度极为严肃。就管理而言,他很重视人性,强调个性,弘扬真善美,憎恶假丑恶,格外注意工作与人生之间的情感关系。他始终认为,在这个人心浮躁的变革时代,周红亮的每一句话、每一件事都有着极强的感染力。他的思想与道德,他的为人与工作,他无论是作为工匠、先进、典型,还是作为本质的人都达到了这个时代的某种高度,都值得我们每一个人去学习、解读,并在解读中找到前行的必要的心灵慰藉。

哲学上讲,衡量一个人真正的社会价值是认知。世界上所有的文明进步都与认知有关,而与时尚和流行无关。没有认知支持,钱财、权力和知识均显得苍白无力,轻飘飘的。也就是说,一个人活着的意义应该在于:不是你能走多远,而是你能站多高,看多远。子曰:"三人行,必有我师焉;择其善者而从之,其不善者而改之。"即便是喜欢坐拥书城,静读深思的我,也想从周红亮身上看到这种鲜活的认知,促使我寻幽探秘,驰骋想象,及至文思喷发进入创作状态,使自己的作品能够有缘与读者的心灵邂逅,并带给他们以审美的愉悦和人生的暖意。当然了,随着流逝岁月对鬓角的涂抹霜染,年轻时那种以文学为经国之大业、不朽之盛事的豪情壮志已渐行渐远,越来越在乎的只是能为裨益世道人心聊尽绵薄之力,在乎的是这样一种与文学同在的生活方式所带来的精神充实和心灵慰藉。

我是周至人,周至地理概念上和宝鸡同称为西府,地缘上很亲近。但由于我长期在西安工作、生活,感觉上又与宝鸡很遥远、很陌生、很向往。因为周海军的盛情邀请,因为周红亮的感动感染,因为宝鸡电力人的质朴热情,在很短的时间里,我不止一次地来到宝鸡,不止一次地赞美宝鸡,即便是寒风料峭的今天来到这里仍然很激动、很感动。其实,生活中的每个人无时无刻不在追逐自己的梦想,无论你专心学术、专注技术,还是热衷于艺术,积极参与志愿公益,又或者为了人类文明的进步奉献青春,只要坚持在自己选择的路上走下去,文学都会也应该为你的精彩而大声喝彩!

周红亮同志是陕西电力、国家电网乃至中国产业工人的标志性人物。他爱岗敬业,无私奉献,开拓进取,德艺双馨。荣誉面前,他不骄不躁,抱朴含真,是我们这个时代少有的谦谦君子。作为他的采访者和朋友,周红亮给我带来的感动震撼,并不是他人生的某一个篇章达到了何种高度,而是他的个人生活完全叠合在他蜡炬一般默默无闻的奉献精神中,这种奉献是有根系的,有源脉的,是他的生活哲学,也是我这本书的价值所归——追慕本色,赋到沧桑;人能笃实,自有辉光!

2017 年 10 月 26 日,是一个值得铭记的日子。天高气爽,玉宇秋澄的清晨,我们一行数人怀着激动的心情,乘坐一辆商务车沿西宝高速向目的地宝鸡飞驰,去参加国网宝鸡供电公司欢迎十九大代表周红亮北京归来仪式。车窗外是坦荡无垠的关中平原,高速公路旁是一排排猕猴桃树,绿蔓垂挂,风过处,如珠帘翻卷,翘望路人。柿子树则低垂眼睑,望着累累硕果,开心得枝头乱颤。秋田里,苞谷已经收割了,只留下秸秆坚劲的挺立着。眼前是车的河流,身后是车的浪涛,我们的坐骑只是这河流中的一朵不显眼的浪花。和现代高速公路这条奔腾着各种车流的河平行的,应该是另一条河,那便是渭河。比起这条流铁的河道,气势当然是小了许多。

　　日月经天,江河行地。雄浑伟岸的黄土高原,沉重地走着一条壮美而又沧桑的河流——黄河。这条横亘在中华民族灵魂深处心脏一般的河流,负天负地,载荣载辱,时而一泻千里,千帆尽收;时而疲惫不堪,步履蹒跚;让人豪情万丈,也让人惆怅万分,成为中华民族精神的一种绝妙的写照。

　　渭河是黄河的一条支流,最大的一条支流。

　　从地图上看,渭河发源于甘肃省渭源县的鸟鼠山。这座名不见经传的山脉,却孕育滋养了广袤关中平原的一条河流。渭河从发源地开始,溪流潺湲,身单力薄,陆续接纳了许多河流,如北边的葫芦河、千河,南边的天水、清江、黑河、涝河、沣河、灞河等,在山光凝翠、川容如画中,越来越丰满了,生机勃勃,一路走来;跨越千山万壑,千山万水,千秋万代,千难万险,而若干条支流像繁茂的枝丫,烘托着渭河浩浩荡荡东流入海,也给渭河平添着风致和诗意。

　　渭河在中国古代曾是重要航道,汉唐时期江南的粮食和其他物资都要溯黄河而上,转渭河运入长安。由于渭河与长安血脉与共,密不可分,古人往往把它们极富情感地联系起来,因而有"秋风吹渭水,落叶满长安"和"渭水桥边独倚阑,望中原是古长安"的佳句跨越时空的流传。

　　《中国国家地理》载文说:"渭河是流淌在秦岭北面,关中平原之上的河流,是黄河的一条支流。"但在中华民族文明尤其是汉民族发生和形成的意义上,它的重要性并不亚于黄河。黄河的上游地区,对中华民族的形成并没有起到关键性的作用。对中华文明形成起到健康促进作用的,是黄河的三条支流——陕西的渭河、山西的汾河,河南的洛河所围成的"三河地区"。汾河谷地是尧、舜、禹的故乡,洛河是夏商王朝的所在。如果说,汾河流域与洛河流域诞生的文明是中华文明的童年,那么,便可以毋庸置疑地说,渭河所孕育的文明则是中华民族的"花样年华"——青春期。这只需

看看中华民族最重要、最辉煌、最灿烂的四个朝代——周、秦、汉、唐皆建都于此,鼎盛于此,就足以解释一切了。

这是文明演进的必然。

我们可以审慎地发现,黄河两岸的文明都是产生在黄河的支流,而不是主流上。这不是我们对母亲河的不敬,这是因为文明的产生是需要条件的,需要自然提供不大不小,天人和谐的挑战与刺激。在人类成功地对自然的挑战中,产生了人类文明。黄河主流的挑战太大了,浩浩荡荡,无可比肩,人类脆弱的童年承受不了,无法抵御;而渭河、汾河、洛河则相对温柔多了,水量适中,性格温顺,正适合人类文明童年时期健康的生存、发展。

也许,是苍天的悲悯和关怀;也许,是斯民的渴望与福音。一泻千里的黄河进入陕西后一反常态,大改其性,柔情脉脉的改道北上,进入千山万壑、人迹罕至的地方,继续张扬着自己的个性。这种抉择是痛苦的,其庞大的身躯,其强扭的身躯几乎弯成了"几"字形屏障一样的大弯。这种抉择也是豪迈的,为了让渭河快意的成长发展,也给我们留下了一个襁褓般的关中盆地。

如果说,母亲是黄河,那么渭河便是她的儿子——最疼爱、最健壮、最有活力和希望的儿子。

如果说,渭河是摇篮,摇篮中的宝贝便是宝鸡——一城灵动水,一幅山景图,一个花园城市的宏大气魄,使每一个走进靠近的人温润有加,肃然起敬。

山河来大地,人物变古今。《诗经·大雅·緜》中有这么一段记载:"古公亶父,来朝走马。率西水浒,至于岐下。"什么意思呢?这句话讲的是周朝先祖亶父的故事。那个时候,正是中国的商朝鼎盛时期,在黄土高原的西北边陲上生活着一个名为"周"的华夏部族。由于部落人口不多,实力不强,影响不大,周边的戎狄民族经常前来侵扰,周部族每日都在恐惧与危险之中煎熬。大约到了商朝武丁盛世的时候,周部族出现了一位杰出的领袖——周太王古公亶父。在亶父的率领下,周部族历经艰险,跋山涉水,迁徙到了周原(今陕西省宝鸡市)。周部族在这个全新的地方基本摆脱了戎狄的侵扰,开始发展壮大,最终建立了在中国历史上影响深远的周王朝。

古语有云:"轧块之气,系而为星辰,坠而为河岳,蔚而为人文。"茫茫神州,物华天宝,每一个地域都将自己鲜明而富有特色的文化瑰宝,热情地、踊跃地奉献于华夏文明的发展。地域文化如一面镜子,折射着一个民族的底蕴和情操。我们脚下的这块土地,"周以龙兴,秦以虎视,自汉以后,皆称关中",尤为突出。明代著名学者王阳明曾说:"关中自古多豪杰,其忠信沉毅之质,明达英伟之器,四方之士,吾见亦多矣,未有如关中之盛者也。"山光凝翠,川容如画;广植秀美,合抱雄奇的宝鸡不仅是中华民族的发祥地,也是中国文化文明的源脉所在。

来过宝鸡的外地人都会这样感叹:"到了陕西,不到宝鸡,就只知汉唐,不识周秦"。宝鸡是一座拥有 8000 年文明及 2770 余年建

城史的城市。宝鸡是周秦文明的发祥地,被称为"青铜器之乡",数万件青铜器从这里出土,大盂鼎、散氏盘、毛公鼎、虢季子白盘等闻名于世。所以很多人来宝鸡,首先要去宝鸡青铜器博物院,在博物院众多"重量级"馆藏文物中有一件精美绝伦的镇馆之宝——何尊,尊内底铸有铭文12行、122字,其中"宅兹中国"为"中国"一词最早的文字记载。因为这件馆藏文物,宝鸡被称为"每一个中国人一生都应该来一次的地方"。

宝鸡是历史的港湾,也是时代的码头,历来就是国人留意斯文之地。周礼秦制,数千年绵绵不绝;汉风唐韵,历百代熠熠生辉,有地上文物灿烂为证,有地下发掘瑰丽为凭;思想理念在前,文采风流在后,其后自然会有人文风华的繁茂鼎盛。就工业而言,宝鸡是西北工业重镇,陕西省第二大城市,关中—天水经济区副中心城市,具有深厚的工业基础。宝鸡电网承担着宝鸡市所辖金台、渭滨、陈仓3区和凤翔、岐山、扶风、眉县、千阳、陇县、麟游、太白、凤县9县的电力供应,同时向陇海、宝成、宝中三条电气化铁路供电,并向西安、咸阳、汉中等地转供电力,是西北电网的重要枢纽之一。

1875 年法国巴黎建成第一家发电厂,标志着世界电力时代的来临。中国电力工业从 1882 年有电以来,至今已走过了 136 年的光辉历程。与世界有电的历史几乎同步。1879 年,中国上海公共租界点亮了第一盏电灯,随后 1882 年由英国商人在上海创办了中国第一家公用电业公司——上海电气公司。筚路蓝缕,栉风沐雨,可以说,中国电力工业从无到有,从小到大,从弱到强。党的十八大以来,国家电网公司在以习近平同志为核心的党中央坚强领导下,牢记责任和使命,坚定不移走有中国特色电网企业创新发展之路,陆续建成世界上输电能力最强、新能源并网规模最大、安全运行记录最长的特大型电网;在特高压、智能电网、大电网安全、新能源等领域形成一批世界级创新成果,占据了世界电网技术制高点。

1987 年—2017 年,是国家"七五"至"十三五"七个五年经济建设计划实施的重要时期,也是宝鸡供电事业在电网建设、供电能力、管理水平、企业规模、经济效益和社会效益等方面取得长足发展的重要时期。30 余年的励精图治,30 余年的嬗变涅槃,宝鸡电网由中型企业一举跃入国家大型企业,成为陕西电网的重要组成部分。截至 2017 年年底,公司辖有 35 千伏至 110 千伏变电站 66 座,变电总容量 3473 兆伏安,35 千伏至 110 千伏输电线路 145 条,总长 2062 公里,年售电量突破 79 亿千瓦时……30 年的风雨兼程中,国网宝鸡供电公司经历了安全文明生产"双达标"、创建全国一流供电企业、创建双文明单位、电力体制"三项制度改革"、全员动态管理、ISO9002 贯标认证、"三标一体化"认证、学习型组织建设、"三集五大"体系建设、质量管理成果国际发布、创建全国卓越绩效先进企业等重要发展阶段。企业员工相继荣获"党的十九大代表""全国劳动模范""中国好人""国家电网公司特等劳模""国家电网公司劳动模范""最美国网人""大国工匠""国网工匠""陕西省道德模范"等多项荣誉。企业班组被授予"全国工人先锋号""全

1976年汤峪变电站会战前的安全会

1976年汤峪变电站330千伏开关调试

国质量信得过班组"，QC成果三度走出国门，荣获ICQCC国际质量管理小组会议金奖、银奖、亚太质量组织国际卓越团队交流三等奖，创新成果荣获第二届全国质量创新大赛一等奖，建成全国"五星"现场1个、"四星"现场4个。公司先后被授予"中央企业先进集体""全国职工职业道德建设先进单位""国家安全生产标准化达标一级企业""全国电力行业客户满意服务单位""全国模范职工之家""全国电力行业质量奖""中国创新力企业百强"等一系列殊荣，并蝉联"全国实施卓越绩效先进模式企业"称号，荣获电力工业部"电力安全文明生产达标企业"、国家电力公司"一流供电企业"和"双文明单位标兵"，荣获"陕西省文明单位""陕西省先进基层党组织""陕西省信用建设先进单位""陕西省学习型组织标兵单位"。连续12年获得宝鸡市公共服务行业和窗口单位行风测评第一名，连续22年获得宝鸡市目标责任优胜单位称号。

孔雀的美，是真正的美；凤凰的美，是虚幻的美。凤凰的美丽，是诗意想象的美丽，是一种愿望，而这种愿望是虚幻的，是不存在的。真正美丽的是孔雀，因为那是独有美，自然美，奋斗美，是体验过喜悦和痛苦，别人代替不了的生命之美。国网宝鸡供电公司就像一只引吭高歌的孔雀，在时代的蓝天白云中展示出一种流光溢彩的活力之美。当然了,在周海军看来,这些成绩的取得不是偶然的,不是从天上掉下来的,是国家电网公司、国网陕西省电力公司和宝鸡市人民政府及各级党政组织正确领导的结果,是各行各业及广大客户热情帮助和支持的结果,也是全公司广大干部职工寒来暑往辛勤劳动的结果,更是周红亮等一代又一代,一批又一批劳动模范带头作用的成果。而对今天的我们来说,优秀的制度、科学的管理、辉煌的成就与高尚的道德情操、工匠精神相比,后者的人文情怀似乎更加令人期许,令人感动。因为,我们不只是一个虔诚勤奋的劳动者,也是一个幸福生活的感受者,是一个有血有肉,有情有爱的生命体——人。

往事并不如烟,而是会变为记忆,化作历史,沉淀在时代的根部,滋润后人。一切历史都是当代史,一切都不会成为过去。历史是一种真实的存在,需要韬光养晦的文体,需要平实沉稳的述说,它不应该为胜利者歌功颂德,也不应该对平凡者冷嘲热讽,乃至对失败者落井下石,更不会因任何人的好恶而发生改变。面对一段历史,无论你内心多么崇敬,都不能仰视,只能平视,让自己的叙述在平静和诚实的状态下进行。今天的文字不是对悠悠往事的好奇,不是对先进人物的粉饰,更不是对辉煌荣誉的升华,而是让我们对已经逝去的一切有一种极为现实的观感:一个个普普通通、平平凡凡的生命,能在时代的多向维度下呈现出如此风姿卓绝的功业,那又该是怎样一种曼妙别致的心灵变奏呀。

第二章　只有黄河的肺活量才能歌唱

　　传说北方有一首民歌／只有黄河的肺活量能歌唱／从青海到黄海／风也听见／沙也听见／如果黄河冻成了冰河／还有长江最最母性的鼻音／从高原到平原／鱼也听见／龙也听见／如果长江冻成了冰河／还有我，还有我的红海在呼啸／从早潮到晚潮／醒也听见／梦也听见／有一天我的血也结冰／还有你的血他的血在合唱／从Ａ型到Ｏ型／哭也听见／笑也听见。

——余光中《民歌》

　　此时此刻和我们回宝鸡一样行色匆匆的还有周红亮，他在我们的身后归心似箭，目光焦灼地望着窗外。这些天，他一直这般的行色匆匆，风雨兼程。从北京回来就马不停蹄地接受采访，参加宣

周红亮参加十九大接受央视媒体记者采访

周红亮代表在十九大开幕式上认真聆听习总书记的报告

讲,被各种各样的人群围绕着,簇拥着。鲜花、笑脸、掌声,蜂拥而至,铺天盖地,让他目不暇接,也有些心烦意乱。他想家了,想宝鸡了,想父母,想妻子,想同志们了,更想的还是秦岭深处的融冰站。那山,那水,那人,可还好。

此次北京之行,是周红亮人生历程中闪亮辉煌的一笔,也是他20多年来从事巡检线路工作的里程碑。中国共产党第十九次全国代表大会胜利召开,不仅是党和国家治国安邦继往开来的盛事,也是党和人民意志的集中体现,更是历史发展中具有划时代意义的大事。作为一个参与其中的党代表,这是一个看似普通而又极不平凡的荣誉。在西安,在北京,在人民大会堂,所到之处周红亮受到了无以复加的热烈欢迎,也受到了国内外媒体记者的竞相采访,除了大会和集体活动,记者们似乎如影随形,无所不在。

记者穷追不舍地探访他是有原因的,因为他是电力系统为数不多的党代表。2017年,全国共选出2280名党的十九大代表,其中有771名来自基层。国网宝鸡供电公司运维检修部秦岭输电运维班班长周红亮,便是这些基层的党代表中的一员。他从8900多万名党员中脱颖而出,已经不仅仅是万里挑一,而是近四万挑一。这种概率,这种际遇,这种辉煌,这种荣誉,西北电力系统仅仅三人。当然了,除了这些众所周知的因素,更重要的是,因为他来自西部山区,因为他是全国劳模,因为他是中国工匠,因为他在秦岭深处中国第一座融冰站线路工普普通通的岗位上,做出了许许多多平凡而伟大的感人事迹。

"焚膏油以继晷,恒兀兀以穷年。"或许,凡夫俗子,芸芸众生永远与"伟大"无缘,但是经过坚韧持久的修炼,完全可以让自己高尚起来。这种人生感受,就如同默默矗立在秦岭山巅上那些气势伟岸、郁郁葱葱的松柏,没名没姓,自生自灭,却又生机勃勃,坚韧挺拔。看到它们,总会让我想起云谲波诡、跌宕起伏的人生经历,想起凤凰经过烈火的煎熬和痛苦的考验浴火重生，并在重生中升华到更高境界的美丽传说。哲学家特蕾莎说的好："我们当中极少数人能做到伟大，但每个人都可用崇高之爱去做平凡之事。"也就是说，每个人都有成功的机会！就看你给不给自己机会，能不能把握机会，化平凡为神奇。这并不奇怪，从平凡到伟大，从凡人到圣人，一直是每一个中国人的人格理想；既有一片理想主义的天空，可以自由翱翔不妥协于现实世界很多规则与障碍；又有脚踏实地的能力，能够在这个大地上进行行为的拓展。

红亮一直在拓展着自己。他行走四野，踏遍青山，看过春云夏雨秋夜月，冬天的银装素裹，玉树琼枝也尽收眼底。但却与现在很多人"上车睡觉，下车尿尿，到了景点拍拍照，回到家啥也不知道"的走马观花式旅游有着本质区别。是的，红亮是行走者，不是旅游者。在他的心里，"没有比脚更长的路，没有比人更高的山"。他深谙"一日有一日的领会，十年有十年的风光"，所以一有空闲，他就沿着开满鲜花的线路，如蜜蜂采撷花蜜般，辛勤劳作。可以说，红亮点蘸着自己的青春和岁月，他用行走的脚步丈量有限的人生历程，用精妙的文字书写无限的生活百态，把每一个平平淡淡的日子过成滋味隽永、豪情满怀的人生篇章，乃至眉飞色舞、流光溢彩的诗词，让人流连忘返，手不释卷。

人活着的意义应该在于：不是你能走多远，而是你能看多远；不在于自己干什么，而要知道自己要干什么。夜深人静，每个人不妨问问自己将来的打算，并朝着那个方向去努力，而不是无动于衷，无所事事。周红亮常常对刚参加工作的青年工人说："没有兴趣是做不好工作的，但个人兴趣必须服从国家的需要。"他曾经以中国科学院院士袁承业先生的话激励自己："作为科学家，在他生命的最后一刻，也应该问问自己，我这一辈子为国家做了哪些有用的贡献。"当然了，他没有把自己看作为科学家，而想做一个心灵手巧,能解决实际问题的匠人。他把自己多年工作积累所形成的工作思路和具体做法,毫无保留地传授给了比他年轻的同伴,乃至异地他乡陌不相识的同行。这些发明革新因地制宜,实用性很强,操作性很简单,但常常却局限于一时一地一行业,用途不广,影响不大。尽管周红亮为这些细微的项目付出了很多心血,甚至作为发明人连自己的名字都未署。如此不计名利、一心为工作的精神,却为同伴在面对社会纷繁芜杂的影响时,升起了一盏温暖的指路明灯。

周红亮自从参加工作,置身秦岭深处以后,看似工作的环境越来越偏僻,管理的事情越来越具体,行动的半径越来越狭小,心灵的空间却越来越广大。一个年轻人,就此远离了喧嚣,远离了浮躁,全身心地投入工作与生命。他从不追逐潮流,没有选择诉苦和呐喊,也没有选择得过且过,做一天和尚撞一天钟,更没有耽于教徒式的迷惘,而是以真诚的目光,虔诚的奉献精神,脚踏实地的工作方式,始终把关怀人的问题放在关心工作的问题之上,让自己的心贴近人生理想,乃至整个人类梦想。

周红亮知道,世界本没有平凡和伟大之分,失败和成功之别,万事万物都是辩证的。上帝为你关上一扇门的同时,又为你开启了一扇窗。如果,你能从平凡中走出来,那就是伟大;如果,你永远沉湎于伟大之中,那就是平凡。如果,你只是等待,发生的事情只会是既不平凡也不伟大。也可以说,人生的意义不在于拿一手好牌,而在于把不好的牌打好,打得漂亮精彩。

周红亮是这样想的,也是这样做的,他身体力行地做到了,实事求是地做到了,他漂亮地挥洒出了青春的风采和人生的精彩。他想到,在党中央、国务院召开的全国劳动模范表彰大会上,来自全国各地各条战线上的济济英才,欢聚一堂,共庆劳动人民自己的节日,党和国家又给在各自岗位上做出骄人成绩和无私奉献的社会主义劳动楷模以最高荣誉,颁发全国劳动模范奖章。他想到,十九大会议上2000多名党代表汇聚一堂聆听习近平总书记的报告,报告大气磅礴,内容丰富,浓缩了5年来中国共产党治国理政的经验和启示,描绘了从现在到21世纪中叶的宏伟蓝图,在党和国家的发展史上具有划时代的里程碑意义,激励代表们群策群力,共商国是,满怀豪情地奏响前进的嘹亮号角,为新时代书写更加壮美的篇章。会议闭幕时代表们还受到新一届中央政治局常委的亲切接见。他想到,在天安门广场观看升国旗,晨光熹微,旭日东升,五星红旗在霞光中冉冉升起,迎风飘扬。《义勇军进行曲》的高亢旋律,声声入耳,字字入心,他仿佛听到了催征的战鼓,看到了金色的未来,做一个中国人,做一个代表人民意志和利益的主人的自豪与尊严油然而生。

这些活动,既庄严,又肃穆,如春风拂面,如雨露润心,感动和震撼久久撞击着他的心灵,胸中的工作激情被一次又一次点燃,同时也感到肩头的压力和责任。他感到一种难以抑制的冲动,一时间,他感觉到时光凝固了,鼻腔阵阵发酸,满眶热泪在打转……说不清是喜悦、兴奋,抑或委屈、伤心。总之,内心有一种不可言状,不可抑制的激动。不管怎么说,普普通通的农家子弟周红亮总算是圆了一个从父辈衍生而出,承袭而来的成家立业光宗耀祖之梦。在那么多各界精英面前,在庄严的国歌声中,他整理着自己的情绪。他觉得自己做了想做的事,他感到欣慰。他在劳模队列中,在党代表队列中有一种成就感、自豪感,但更有一种责任与使命在驱使。我做了一个中国公民,一个共产党员,一个电力工作者应该做的一切,尽管取得了成就,但都已成为过去。

成功并不在于别人走你也走,而在于别人停下来你仍然在走。荣誉面前也一样。周红亮一直是清醒的,务实的。他知道,电网改造的路途仍充满荆棘与障碍,需要拓荒者,需要前行者,需要奉献者和挑战者。他的工作,仅仅是一个开端,一个良好的开端,人生的业绩也只是万里长征的一次突围,决不能抱着荣誉,享受荣誉,消费荣誉,而应该思考今后如何从这里再出发、再加油、深入学习,不断创新,再接再厉,给陕西电网做出新的贡献。于是,他带着喜悦与沉重,带着自信与憧憬回来了。

“诚者,天之道也;诚之者,人之道也。”在这里,周红亮的情怀是真诚的,热诚的,虔诚的,忠诚的。回到陕西,回到西安,他向省委、省政府和陕西电力公司领导分别做了汇报。汇报了荣誉和辉煌,汇报了经验和见识,更多地谈了自己以后的想法和打算。领导为他骄傲,他们从他的眼神里看到了青春和活力,看到了自信和设想。领导们有叮咛的话,希望的话,这一切都成为他的动力。他戏称这次经历是进行三级加油,中央一级加油,让他明确方向,信心倍增;省市一级加油,让他充满力量,永不懈怠;单位一级加油,让他从每一个时日,每一次想法,每一个细节入手,去开创切切实实的工作局面,去扎扎实实做好每一件事,做好一个共产党员,一个党代表,一个线路工应该做好的工作。

他想家了!

他回家了!

车窗外的猕猴桃树换成了速生杨绿化带,林带后是广袤的田野和错叠的村舍。巍峨的秦岭像镜头一样被拉回身旁,近在眼前。它的苍茫和气势,有种丈夫气,给人以坚韧、峭拔与力量之感。渭河在平野的尽头沉沉一线,笼罩在烟雾与霞光里,显得迷茫与混沌。眼前的景象清楚地告诉周红亮,这是他熟悉的宝鸡,是他的乡梓母土,他成长的摇篮,他曾经释放青春与活力,挥洒智慧与汗水的地方。他对这块熟悉的土地,以及这地域的人文地理,有种特殊的情感,一旦回到它的怀抱,呼吸到带着花香的泥土味,便有一种沉醉,有一种依恋。他这次离开家乡的时间并不长,却似乎有了一种对故乡的久违感。

　　宝鸡到了,这是一座让周红亮灵魂感到温热、感到踏实、感到振奋的城市,他在这里出生,他在这里成长,他在这里辉煌。十多天前,他从这里豪情满怀、喜气洋洋地出发,今天又风尘仆仆、笑脸盈盈地回到这里。他携带着自己的收获、荣誉、喜悦、感受、希望,他要把自己此行北京的成果与这里的人们一起分享。既是一种交流,也是一种汇报;既是一种情感的释放,也是一种思想的传播。他想用一种特殊的方式,表达着他对这块土地的厚意深情。宝鸡热情地欢迎着他,拥抱着他,让我们这些同行的人也感到一种情怀的温润。

第三章　让我怎样感谢你

让我怎样感谢你／当我走向你的时候／我原想收获一缕春风／你却给了我整个春天／

让我怎样感谢你／当我走向你的时候／我原想捧起一簇浪花／你却给了我整个海洋／

让我怎样感谢你／当我走向你的时候／我原想撷取一枚红叶／你却给了我整个枫林／

让我怎样感谢你／当我走向你的时候／我原想亲吻一朵雪花／你却给了我银色的世界。

——汪国真《让我怎样感谢你》

从北京回来，红亮几乎就没有安心静气地歇过一会儿，甚至没有从容不迫细嚼慢咽地吃过一顿饭，没有睡过一次开窗听鸟语自

周红亮宣传贯彻十九大精神

然醒的觉。他行色匆匆,马不停蹄地参加了陕西省委宣讲团,以一个十九大代表的身份东奔西走跋山涉水地传播着十九大的精神和思想。新思想引领新时代,新使命开启新征程,党的十九大会议明确指出:"要加强思想道德建设,深入实施公民道德建设工程,提高全社会文明程度。"红亮在宣讲中认真践行新思想、谋划新思路,从实际出发,以宣讲职业道德建设为契机,准确把握新时代中国特色社会主义思想,点亮文明之火,服务和谐社会,用辛勤汗水浇灌文明之花,让三秦大地流光溢彩,熠熠生辉!

来也匆匆,去也匆匆,人高马大,精力充沛的小伙子也有些吃不消了,眼睛里布满了红丝,脸色也变得枯黄,一贯的笑容和悠悠的神态也变得疲惫、困倦,有些笑容几乎是堆出来的、礼节性的。典型的表现是:咽喉沙哑,语速缓慢,字词单调,他不愿意多说话了。我们第一次见面,第一次交谈,仿佛是两个机器人对话。我问一句,他答一句;我说一句,他应一句。如果不是他端坐那儿,态度诚恳,神情庄重,一直用单纯而明亮的眸子看着我,脸上漾着质朴的色泽,我几乎就要拂袖而去了。

对一个作家来说,采访不是简单的对话谈话,而是两颗心的交流与碰撞。尤其是纪实文学采访,必须要走进对方的内心世界,透过歌声与掌声,看到欢笑与泪水。时间不长,兴趣不高,心情不好,交流不多,我俩却都有些累了,是那种眼前有景道不得的无奈。我放下笔,合上采访本,说:"红亮,我们出去走走吧,轻松一下!最好是去秦岭深处的融冰站看看。"红亮站起来,很高兴的样子,说:"现在就走吧,我也很长时间没有上去了,做梦都想那里。"

我知道,这是一个不错的提议,青山绿水中,两个人都会轻松愉悦,云淡风轻。

车出市区,走进秦岭的一条峪口,坦荡无垠的关中平原猛然地在这里缩小了、沉寂了,时空之中仿佛飘来了古战场金戈铁马的杀伐之声，也飘来了"楼船夜雪瓜洲渡，铁马秋风大散关"的声声叹息，关中西部的著名关隘"大散关"就在这里。岁月悠悠，白云苍狗，这条散发着陆游诗意的路，曾经是兵家必争之地，也是朝廷的经济要道，更是中原王公贵族、往来商贾平民的生存之路，它承载了诗人、将军、烈士的梦想，诱发了中华文化与诗歌，锤炼了中华民族的气质与精神。然而，绚烂最终会归于平淡，繁华最终会隐入荒芜，古今将相今何在，宫阙万间都做了土。承载了1000多年中华文明的西部雄关，终究有垂垂老去的一天，残垣断壁，历史苍颜，仅仅让路人侧目瞬顾，惊鸿一瞥，然后留下一声悲凉的叹息。

　　沿着著名的嘉陵江源头的峡谷逶迤前行，攀爬上山，道路崎岖，却也不显陡峭。此刻，阴冷的雾霾被抛在川道里，山麓之上是一片明丽的冬阳，风儿也温凉可人。低矮的蒹葭摇曳着满山的花白，经霜的草木姹紫嫣红，呈静止的波浪式漫过流线型的山脊。途中，路旁的一棵棵沧桑斑驳老柿树，繁华落幕，无一片树叶，满枝丫上挂着小红灯笼似的柿子，血红血红的果实，美不可言。可能是过于廉价，乡人采摘运送，一天挣不了多少钱，得不偿失，不如干别的划算，也就任其自生自灭，留给小鸟一饱口福了。可它无疑是馈赠给旅行者的珍贵礼品，任你尝鲜拍照，把大自然的美意带回人烟辐辏的城市。

　　山重水复，峰回路转，爬到半山腰，我眺望双乳似的山峰簇拥着宽博的峰巅，一览众山小，遥遥相望东部苍茫的家山原野，不由得朝着空旷的山谷与远山呐喊放歌，一吐胸中块垒。此刻的呼吸，是难得的舒畅的清气；此时的心情，是愉悦的清醒的放松。到了山顶，一览无余。连绵的山脊，像群牛的脊背，我们踩在松软的毛毡上，可以看到山腰上一丛丛的色彩，有时是暗棕，那是一块杉林；有时是亮黄，那是一组将红的枫树；有时又是翠绿，那是大片的松群。群山脚下居然还有一片白晃晃的库水，峰回水转，安静怡然，像明镜，像白屏。对面的山也是让人震撼的，几个小孩在跳跃着，追逐着，我想小孩们都感受到了它的壮美，他们才会停下脚步来，在冬天攀登着，感受着，快乐着。

我就是秦岭脚下出生的，生在那里，长在那里，爱在那里，恨在那里。小时候，曾不止一次地埋怨过它没有城市繁华热闹，青灯黄卷孜孜苦读想离开他。离开了，才知道它是华夏神州的一道龙脉，横亘在那里，提携着黄河长江，统领着南方北方。它是中国最伟大的一座山，也是和中国人息息相关的一座山。其实，对于我们这些依偎着秦岭出生的人来说，大山的高险雄奇、寒秀古幽，还有那些飞龙盘道，潭瀑交错，并没有怎么让人心动，看得多了。倒是那些起伏山峦上的乔木、灌木，让人刮目相看。海拔2000米以上的地方，平日熟悉的树木就变得越来越少，生疏的鲜为人知的林地，让人感觉像进入了一个神秘的陌生人圈子。麻栎、杉木、栓皮栎、锐齿栎、槲树、铁杉、侧柏、毛皮桦、冷杉，还有许多树木的名字，是在键盘上敲不出来的生僻字。它们大都生性坚定，硬实顽强。背阴的一面，长年累月结满绿苔。听说赤日炎炎似火烧的夏天，这里也阴郁凉爽，幽邃生寒。这些树木没有被太阳晒过，没有让游人热闹过，一直存在于清冷和冷清里。我不知道，狂风呼啸的日子，暴雪肆虐的日子，它们又是怎样一个活法？

林子里阴湿寒冷，人迹罕至。叶子铺得满地，厚厚一层美丽的金黄。空荡荡的枝丫映着旷远的天空，斑驳细碎的光从错综的枝丫缝里透过来。小河的清水流着潺潺的声音，像在诉说着心曲，薄冰却遮盖了往日的欢快时光。幽谷寂静，难以听到鸟鸣。这是一个孤独、冷僻、沉默寡言而又成长着喧嚣着的世界。我们常常说，一方水土养育一方人，树木也一样；什么地方的树木，自然会有什么样的年轮。秦岭山地环境的韵味，无疑浸染了这里树木的脾性——冷艳清高，生机勃勃。远处，那几束灿烂的布袋兰和高山杜

融冰变电站

鹊仿佛是在给大山壮士敬礼。

　　我和红亮坐在融冰站的院子里,万山俱寂。天上,有一轮太阳,有一团团一块块的白云,有时候是黑云,云的后面有蓝色的天空。有冬日的太阳暖洋洋地照着,身上暖洋洋的,心里也暖洋洋的。

　　红亮说,学了党的十九大报告和一些有关文章,我体会到有两句话很重要,一句是"以人民为中心",另一句是"群众的获得感"。如果说,国家进步了、强大了、脱贫了、小康了、廉洁了,但群众没有获得感,是不行的。国家把群众获得感作为改革是否成功的重要考量指标,这样做是一种突破。

红亮说,中国特色社会主义进入新时代,中国社会主要矛盾已经转化为人民日益增长的美好生活需要和不平衡不充分的发展之间的矛盾。具体到电力,就是企业以后的挑战会越来越多。在大工业时代,原来的国企负责做"标准",所有的产品都是被整齐划一的,标准的制定者可以坐享其成。今后的国企也要做"服务",是那种能够满足各种消费者、各种需求的服务,往往是定制性的,它对企业的两方面要求比较高:第一就是提供定制化的能力(科技),第二就是对接消费者的能力(互联网)。

红亮说,以后的产业工人,要从生产向创造升级。工作的本质不是定价出卖自己的劳动力,而不承担结果。随着雇佣时代的结束,你必须主动思考和解决问题,并竭力发挥自己的特长,为社会和他人创造价值,否则,你就没有存在的价值,就会被时代淘汰。

红亮说,困难都一样,每个人都要面对无数困难。有的人将困难夸大,有的人把困难当作动力,这就是为什么有些人能够成功,而有些人注定失败。当然了,这句话说起来容易,做起来难。但你要明白,想要成功,真的没那么容易。唐僧不也是经历了九九八十一难才获取真经的吗?

红亮说,宁可十年不将军,不可一日不拱卒。如果年轻人的生活像温水煮青蛙,安于现状,能忍受就忍受,我们的工作就会更无聊,生活会更糟糕。我只不过是一个一线职工,一个电网的小卒罢了,从没有有过登高一呼,"天下云集响应,赢粮而景从"的想法。但,现实告诉我,站在山顶,看得远一些不是坏事;立身岗位,做得多一些也不是坏事。"仰不愧于天,俯不怍于人",何尝不是人生乐事?

红亮说,做点好事,做点善事,做些分内事,做些力所能及的事,得到一些荣誉是好事,也是坏事。一个社会的堕落,就是从表扬善良开始的,真正的善良,是人的一种本能,不需要表扬。人们对善良的热诚,来源于对生活自身的隔膜和冷漠。事实上,世间一切的冷漠是因为所有人都冷漠,我们才会感觉冷漠;而善良是只要有一个人善良,我们就能感受到善良。所以,在你感叹这个社会冷漠的时候,请不要忘了,善良其实是我们的一种本能。

红亮说,这次参加十九大,是他人生的高潮。高潮总会过去,过后你可能就要面对不尽人意的现实。成功和胜利从不属于任何一个人。你需要面对和承受之后的被淹没,被遗忘,甚至退出历史舞台,重新选择成为平凡人群中的一分子,不再有鲜花、笑脸、光环的支撑,你会倍感失落甚至失衡。但事业的魅力在于,无论何时,只要想到辉煌的瞬间,便有了"值得",随之而来的崇高和荣耀。这是个人的价值实现和自我认同,它在我们生命里非常重要。

……

长天如洗,晴空万里,几朵白云无忧无虑点缀似的飘荡在瓦蓝瓦蓝的背景之中。一只黑色的鹰隼一样的大鸟从不远的山头箭一般的射出,然后,又箭一般冲向高空,在风中翔舞出优美的线条。

我对红亮说,说说自己吧,我们像个兄弟一样真实地聊天。我只想问,受过委屈没有,流过眼泪没有?

红亮诧异地停下来,有些疑惑,有些困顿,也有些不好意思。他停顿了一下,和我一样默默地遥望着远处。风从耳边拂过,吹面不寒,却把过去的日子翻阅得像一本书,我们两个人心无旁骛,旁若无人地读着岁月的书籍,一个字,一句话,乃至一个标点都不会放过。我觉得,这些带着意义和情感的文字,像一批批走过漫漫征途的部队,分成两排,从红亮的眼睛往身体内部走,步调整齐,节奏铿锵,表里如一。

生活冷峻地告诉我们:人生是奋斗的花朵,奋斗是人生的根茎。没有人能随随便便地成功。当我问询北京之行，荣誉之中，那一个又一个的惊喜时，红亮可以为一连串浸透着心血和汗水，也折射着成就和价值的数字骄傲、自豪、愉悦、兴奋、感慨……但当话题离开北京，离开工作，回到往事，回到现实，他便木讷，低沉，谦逊，甚至，涌上一种人到中年的忧郁，一种蹉跎岁月的况味，一种曾经沧海的心情，一种害怕抚摸但又回避不了的清醒……凝结成光环色彩背后一颗颗晶莹的泪滴，熠熠生辉，盈盈欲坠，在冬日温暖的阳光下。

　　我仿佛看见。他一个人工作之余在田间地头崇山峻岭歇息的时候，头枕手掌仰面朝天躺在黄土地上，长久地望着高远的蓝天和悠悠飘飞的白云，眼里便会莫名地盈满感慨的泪水。泪水，不是懦弱，不是屈服，不是委屈，也有喜悦，也有感动，也有期望。它是一种释放，它释放着人类不能用言语形容的感受、情怀，它是一种传达，它传达着人与人之间一种神圣的情感，向世界证明它也是一种爱的象征。当人们在失去某些重要珍视的人或事物时，泪会表露出人的悲伤创痛。当人在与自己熟悉的、在乎的、习惯的人离别时，泪水会把心酸从人的内心里带出。当心灵上的空虚被填补时，人将寻找回最初的自己，最初的信念，而感动往往会在那瞬间从眼里涌出。泪，反映出了人类最初的情绪；泪，证实了人世间存在着感动。泪的真谛往往是早就已经寄宿在你身边的一首歌、一本书、一句话、一个人身上了，只是你未发觉而已。

　　成功的花，人们只看到了现时的明艳，却淡忘了在它的背后有着求索者纷飞的汗水。往事如昨，曾经沧海，逝去的悠悠岁月浸染了他蹉跎的斑痕和人性的色泽。在越来越多的交谈中，我对红亮有了日渐深刻的理解和了解。周红亮其实是一个人，一个有良知、有温度、有信仰的人，当然了，他也是一个时代的缩影。他身上延续着新时代的文明和雅致，也流淌着遥远的风韵和生命。他是同另外一种正在流逝的美好文明共同呼吸的人。而我作为记录者肤浅的文字表达，不仅仅是为了弘扬这位望之如云、近之如春、可亲可敬、有血有肉的中国工匠为追求精神境界的高迈超拔而甘于寂寞，乐于奉献的人生旅程，而是为了镜鉴当今社会极缺而又急需的一种文化精神：质朴、简单、澄净，真诚。

第四章　一粒沙里看出一个世界

一颗沙里看出一个世界／一朵野花里一座天堂／把无限放在你的手掌上／永恒在一刹那间收藏。

——布莱克《天真的预示》

　　1976 年,周红亮出生在宝鸡市凤翔县一个普普通通的农村家庭。红亮的父亲周安绪在凤翔县变电站工作,每天的工作便是检查变电站里的各项设施,以及抄表。20 世纪七八十年代,凤翔地区电力比较紧缺,周红亮儿时的记忆中,他的父亲整天都很忙,骑着自行车在外面奔波,每天都很晚才能回家。家里的大大小小事务,全靠勤快细致的母亲李秋侠一个人经营料理,这是一个和谐幸福的"一头沉"家庭,是那个时代的特色。

耳濡目染,在父亲熏陶下,周红亮从小就对电力电器感兴趣,家里的小钟表、收音机,乃至手电筒等拆了装,装了拆,忙得不亦乐乎。他常想,以后自己工作了,也要像父亲一样,成为一个变电站工作的职工。在当时的农村,电力职工是一个受人尊敬的职业,能给千家万户带来帮助和光明。

如愿以偿,梦想成真。1995年,从西安电力技工学校毕业的周红亮被分配到宝鸡供电局。刚刚20岁的毛头小伙子周红亮,高高兴兴地走上了工作岗位,开始了进击人生的始步。他满怀希望,憧憬着自己会沿着父亲的足迹,优雅舒适地在一个风吹不到、雨淋不着、太阳晒不着的办公室里工作,却没想到自己最终去了又偏又远又高又冷的秦岭输电运维班。冥冥之中,周红亮和秦岭大山结下了不解之缘。

周红亮所在的班组负责着秦岭山中35千伏——110千伏输电线路的日常维护,线路总长515公里,跨越两省两区三县,这条线路除了给周边地区供电外,还负责向宝成铁路秦岭段输电。与此同时,因为秦岭山中特殊的自然条件,周红亮所在的班组还要负责一座110千伏融冰变电站的日常运转。工作单调辛苦,环境偏远寂寞,全然没有儿时想象的轻松浪漫,可以说,连一点儿诗意都没有,给同学们都不好意思说。

周红亮上班的第一天,就吃了个"瘪"。

那是一次普通的检修。师傅雷维斌不声不响把周红亮带到岐山县五丈原上。第一座铁塔下,师傅把自己收拾得整齐利落,让周红亮在底下看着,自己爬上去清扫绝缘子,紧固接点。到了第二座铁塔,雷师傅把毛巾往周红亮手里一塞:"去吧,自己上去擦吧。"

铁塔30多米高,在底下看就觉得眼晕,周红亮以前从来没有爬过高。他带着工具,千辛万苦爬到了顶,面对绝缘子,他却傻了眼——不知道该咋干。

"那是一段不堪回首的记忆。"23 年后,周红亮坐在以自己名字命名的创新工作室中,苦笑着说。

登高爬铁塔,只是雷师傅送给这个毛头小伙子的第一个"礼物"。几天后,雷师傅带着周红亮来到秦岭腹地凤县黄牛铺段,开始了巡线生涯。

起初,山里的一草一木,蓝天白云和新鲜空气都让周红亮着迷,他就像一个跟着家长出来野营旅游的孩子,一路走着唱着,快乐得不得了。五天、十天、半个月、一个月……春天,春寒料峭;夏天,蚊虫叮咬;秋天,暴雨倾盆;冬天,寒风刺骨。周而复始,一段时间后,单调枯燥的生活让活泼好动、一心想高飞的周红亮厌倦了。山里的天仿佛永远都是一线,山里的路仿佛永远走不到头,并且,随时随地都有可能冲出来野兽;狂风暴雨乃至冰雹说来就来,说下就下,路况特别复杂。有时候,三个小时的巡山路,周红亮却得走五到八个小时。他开始觉得,这份工作和想象中的完全不一样,累、苦、枯燥、危险成了他每天心中想得最多的词语。年轻人有些疲惫了,松懈了,打退堂鼓了。

周红亮的心思早已被师傅雷维斌发现了,他能够理解,谁都有过年轻的时候。身为一名老党员、老工人,雷维斌不急不躁,循循善诱,身体力行地告诉周红亮一个朴素的道理:身为巡线工人,就是要吃苦,要不怕吃苦。自己吃了苦,电力才会有保障,群众的生产生活才不会受影响。

一次,站在高高的山头,周红亮和师傅看着脚下飞驰在宝成铁路上的列车,逶迤着,呼啸着,向远方奔驰而去,想到正是由于自己的辛苦巡线,才让成千上万通过宝成铁路出行的旅客安全方便地到达目的地,周红亮的心里一下亮堂了。"工作虽平凡,却不可或缺。"这是周红亮对自己人生的崭新定义。

周红亮开始沉下心来,认真做好自己的本职工作。记笔记,画地图,在树上绑红绳……他用尽一切办法熟悉山路、气候,只为让自己的工作更有效率。功夫不负有心人,现在,周红亮对山路熟悉到闭着眼睛就能顺着巡线山路进出深山。

风风雨雨,花开花谢,周红亮成长了,成熟了,成为一名合格的巡线工人。周而复始的平淡日子一直持续到2006年,一个偶然的日子,他从单调枯燥的工作中第一次感受到创新的力量和工作的意义。

其实,也不是什么新鲜的东西。在这之前,班组的老前辈们就经常搞一些方便工作的小发明,但周红亮要么没有参与,要么就是打打下手,属于"拨一下转一下,让我干啥我干啥"的那种角色。2006年,秦岭山区频繁落雷,而且一打雷,线路就跳,给班组工作带来很大不便。周红亮和前辈们进山反复排查,经过分析,他们认为出现这种情况主要有两点原因:一是接地线被盗;二是部分埋在地下的接地线老化,被腐蚀,造成损毁。

发现问题就要解决问题。师傅们经过研究,一致同意将这个工作交给周红亮,是信任,也是考验。周红亮挠了挠头,心里有点儿叫苦:以前从来没主动扛起过创新的责任,现在应该怎么办?他开始到处查询资料,自学相关知识,先搞清楚接地线为什么会损坏。后来他学到,埋在土里的接地线会被空气和土壤中的某些物质腐蚀。

简单的办法有,就是将损毁的部分重新焊一段,或者干脆重新铺设,但这是治标不治本的方法,要想一劳永逸地解决这个问题,需要更多的知识和创新点。周红亮想,必须要隔绝接地线和空气的接触。一次,在和兄弟单位的聊天中,周红亮得知,他们有一种热缩管,夹在电缆头上后,通过烘烤等加热手段,将其固定在电缆头的外面,就能将电缆头与外部环境隔绝开来。周红亮意识到,这种方法可以用在接地线上。

　　想法是一瞬间的事,实践则是一个过程。于是,他通过反复对比,找到了适合的材料,制作出了适合接地线的热缩管,将热缩管固定在接地线外后,接地线的损坏率果然降低了不少。

　　解决了埋在地下的接地线损坏的问题后,周红亮并没有满足,而是开始思索,如何防止接地线被盗。很快,他从自行车的螺丝上找到了灵感——自行车使用的螺丝,都是专用的,需要专用工具才能拆卸。这种思路也可以用在接地线上!周红亮潜心研究,和同事们一起改进了接地线上的固定螺丝,将螺丝改为锥形,还在上面画出 3 个缺口,这样,除非用专用工具,否则很难拆下来。这个发明,也成了班组中第一个获得的国家专利。而周红亮的这些创新，也将班组成员从繁重的工作中解放出来，大大提高了工作效率。

尝到了甜头，找到了路径，周红亮对创新的兴趣大增。他再接再厉，先后推出了遥控式电动分流器、复合绝缘子串、线路引流小弧垂测量仪、线路智能清障精灵等一大批既先进又实用的创新工具。2013 年，在国网宝鸡供电公司的大力支持下，"周红亮创新工作室"正式成立。从此，周红亮和同事们的创新成果规模增多，宝鸡供电人的工作，也越来越卓越。

岁月荏苒。

日子如水一般浸漫着，很快到了 2008 年。这一年，不平凡，发生了两件让周红亮记忆犹新的事，一件是他被推选为秦岭输电运维班的班长，另一件就是"5·12"汶川大地震。

周红亮至今仍清楚记得，"5·12"大地震后的第二天，为了保障救灾工作顺利展开，周红亮班组的 12 名成员还来不及帮家里支帐篷，就背起行囊冲进秦岭深山，赶赴受灾较为严重的秦岭甘肃省徽县段。他们需要保证那里一座火车站以及周边的供电，在离火车站不到 500 米的地方，就是内部塌方的宝成铁路 109 隧道，救灾人员正在隧道内不眠不休的奋战，不远处的山中，周红亮等宝鸡电力人也在不眠不休的战斗！

山中余震不断，鸡蛋大的落石大量顺着山坡向下滚去，有时甚至还有一人多高的巨石滚下，狭窄的山路弯弯扭扭，每次余震，就仿佛要裂开似的。周红亮就是在这样的环境下，和同事奋战三天三夜，将平时需要 6 天才能巡完的线路整体检查了一遍，确保宝成铁路的供电正常。5 月 16 日晚上 12 点多，周红亮拖着疲惫的身子回到宝鸡时，才觉得有些后怕。

自从成为兵头将尾的班长后，这样的苦活重活累活，周红亮都抢着去干，可以放一放的活儿，他也喜欢顺手解决掉。他总是第一个上班,最后一个回家,这样的工作状态,让家人和同事都看在眼里,急在心里。一次,周红亮在给班组成员分活时,又习惯性地把最重的任务分给自己。他的搭档终于忍不住了,对他说:"知道你辛苦,也愿意干活,但请考虑一下班组整体和搭档的感受。"周红亮恍然发现,成了班长后,自己还是一个人低头干活,却没意识到自己对班组的责任。

那一晚,辗转难眠,周红亮想了许多。他意识到,位置变了,思路和做法也要变,不是自己一个人干好活就行。他要不断摸索,不断向领导和前辈请教,和同事谈心,询问他们的意见,形成一套行之有效的管理办法。之后,工作上他不仅身先士卒,还要注意工作节奏,分配工作时也要考虑到劳动强度和工作效率之间的关系。在他的带领下,班组风气越来越好,形成了一股追赶超越,争先比拼的氛围。近年来,周红亮不仅个人获得了许多荣誉,班组整体更是获得了不少本单位、市、省乃至国家级荣誉。

2012 年,经过组织考察,周红亮正式成为一名光荣的共产党员。面对党旗宣誓后,周红亮兴奋极了,同时他也感到肩上的担子更重了。他更加认真的巡线,更加专注的创新,更加热情的帮助贫困群众,更加坚定的带领大家向着高效率的卓越目标前进。寒来暑往,春云秋月,可以说,秦岭山中的一草一木、一沟一壑见证了周红亮的足迹;工作室中摆满的创新工具见证了周红亮的才华;领导和同事见证了周红亮的党员风采。而"陕西好人""中国好人""宝鸡市'五一'劳动奖章""陕西省安全生产先进生产者"……一个又一个荣誉则见证了红亮追求卓越人生的历程。

安得长绳系白日,直挂云帆济沧海。

2017 年,红亮又被国家电网公司评为"十大国网工匠"。作为陕西公司唯一一名"国网工匠",周红亮并没有觉得自己的生活有什么变化,他满脑子想的,都是如何把工作做得更细,做得更好。

欢送周红亮赴京参加十九大

他一如既往地坚守在秦岭深处的一线岗位，做出一个又一个不平凡的事迹。周红亮的身上集中体现着优秀共产党员无私奉献、吃苦耐劳的精神。也许，正是因为这些平凡而可贵的品质，周红亮被选为党的十九大代表。

　　成绩源于汗水，荣誉来自奉献。在公司原党委书记、副总经理王高红的眼里,红亮的党代表是实至名归,是众望所归,也是公司党建工作的成果。坐在王书记井井有条、一尘不染、整洁得让人不好意思入座的办公室里,精明能干、文质彬彬的高红书记思路清晰地讲述着党建工作的实质。他认为,党建工作强根铸魂,可以凝聚队伍的向心力,可以提升组织的战斗力,可以激活发展的原动力,为公司各项工作实现创新突破提供坚强保证。而党员是党组织的"细胞",要保持"细胞"活力,就要充分发挥"一名党员就是一面旗帜"的先锋模范作用。公司一贯注重加强党员队伍建设,坚持聚焦一线和先进典型从一线来的原则,持续开展"一先两优""劳动模范""十大杰出青年"评选活动,深化"岗、队、号、手"创建工作,引导广大党员争当"四个合格人才"。

周红亮是我们涌现的共产党员典型,是先进中的先进,是优秀中的优秀。他先后荣获"全国劳动模范""中国好人""大国工匠""国家电网公司特等劳模""国网工匠""陕西省优秀共产党员""陕西省道德模范""三秦工匠""陕西带徒名师"等多项荣誉,既是他做人的禀赋,也是一个共产党员的本色。红亮这次光荣当选党的十九大代表,不仅是他的荣誉,也是国网宝鸡供电公司所有共产党员的荣誉。王书记停顿了一下,步履轻捷地给我的杯子续上水。我注意到,年轻英俊的书记脚上穿着一双布鞋,是那种家里母亲一针一线纳出的布鞋,城里人很少穿了,被时代遗忘在记忆深处。我却一直很依恋,舍不得丢弃,能唤回许多珍贵的回忆。看着这双鞋,灵魂深处有些潮湿,眼睛也有些温润,觉得我们的交谈融洽了许多,亲切了许多。书记继续说:"当然了,时势造英雄,英雄也要选择时势。风起云涌的变革时代,应该是英雄辈出的创业时代。在周红亮的带动鼓舞下,公司各基层党组织有了目标,有了格局,纷纷立足实际,总结出亮点特色,树立起工作样板,党员也同舟共济,互学互助,营造出一种争先创优、群星璀璨的生动局面,一大批先进模范竞相涌现,展示了公司党建的软实力。"

一枝独秀不是春,百花齐放春满园。辉煌崇高的荣誉面前,周红亮感到脸上发热,心里滚烫,同时,也感受到肩上责任的沉重。周红亮说,荣誉面前,我很荣幸,我知道自己没有那么优秀;挫折面前,我也沮丧,我知道自己没有那么糟糕。我就是我,一个普普通通、兢兢业业的线路工。没有多想,也没有胡想,只要能把本职工作干好就行。红亮是这样说的,也是这样做的。参加工作 20 多年来,尽管,他也有着许许多多的变化,比如年龄,比如家庭,比如名誉。他变化的是身份和位置,不变的是对党的忠诚,对祖国的热爱,对工作的责任心和对群众的热情。

第五章　我相信地心有一个太阳

我是根／一生一世在地下默默地生长／向下／向下……／我相信地心有一个太阳／听不见枝头鸟鸣／感觉不到柔软的微风／但是我坦然／并不觉得委屈烦闷／开花的季节／我跟枝叶同样幸福／沉甸甸的果实／注满了我的全部心血。

——牛汉《根》

《诗经》有云："靡不有初，鲜克有终"，提醒我们每个人做每件事都要不忘初心，方得始终。共产党员更要记住这句话，自觉地走在时代前列。国网宝鸡供电公司党委始终坚持将党建工作融入企业建设中，自觉适应"党要管党、全面从严治党"的新常态，坚持把党建管理纳入企业管理的重要议事日程，把党建工作与企业中心任务同规划、同部署、同检查、同考核,让企业年度目标任务涵盖党建工作,月度工作安排涉及党建工作,全方位、深层次地推进党建工作进业务、进管理,全面推进党建工作高质量发展。作为一名普通的基层产业工作者,国网宝鸡供电公司运维检修部秦岭输电运维班班长周红亮更是时时将这句话记在心上。多年来,他一步一个脚印,逐渐从一名普通的巡线工人,成长为一名优秀的共产党员。这一路,有艰辛也有感动,有过笑容也有泪水,但他始终没有迷失懈怠,这是因为,一面鲜红的党旗始终在他心中猎猎飘扬。

工作很辛苦,环境也恶劣,大部分时间都在人迹罕至的深山中穿行。就像一首歌唱的那样,没有花香,没有树高,巡线工人就是一棵无人知道的小草。周红亮是一个能吃苦的人,但每次巡完山回家,挑着一脚的水泡时,他也曾迷茫过:同样都是工作,同样都是年轻人,为啥自己选择的工作要吃这么大的苦,受这么多的罪呢?他有些后悔自己的选择了,他想到城市里去生活工作。但,看着身边的同事和前辈,他又有些难以理解,他们为什么不走呢?在周红亮眼里,日常工作中,总有人选择最艰苦的路段;出现困难和问题时,总有人第一个举手,要求冲上前去。周红亮发现,这些人有一个共同的特征,都是共产党员。

共产党员,这是一个多么鲜亮的名字呀!

父母不是共产党员,哥哥也不是共产党员,周红亮家中没有共产党员,但他从小就从书本里、电影里羡慕、敬佩那些大义凛然、视死如归、全心全意为人民服务的共产党员。他觉得,能够成为那样的共产党员是一件荣耀的事。参加工作后,他又发现,共产党员不仅是一种荣誉,而且担负着更多的责任和重担。年轻的周红亮不怕担责任,更不怕压力,当他主动报名,希望去条件艰苦的秦岭融冰站锻炼时,领导却婉言拒绝了当时还是群众的他。领导说:"艰苦的地方,让共产党员先上。"

爬山巡线

　　为什么面对问题,共产党员从不退缩？为什么面对困难,共产党员总是第一个冲上前去？

　　日常的工作中,周红亮的师傅孙安兴,一位普普通通的老共产党员用数十年如一日地自身行动告诉了他答案：认真敬业,心系群众,吃苦在前,享受在后……太多太多,得周红亮用自己的眼睛去发现,用心灵去感受。

　　1997 年,工作两年后,周红亮觉得自己成熟了,怀着激动的心情向组织递交了人生的第一份入党申请书。可是,整个国网宝鸡供电公司,有无数像周红亮一样追求进步的年轻人,他们比红亮更早地就交上了入党申请书:"莫道君行早,更有早行人"。

十年磨一剑。

2007 年,周红亮再次虔诚地把自己一笔一画、认真手写的入党申请书,连同一颗火热滚烫的心庄重地交给组织,。2012 年,经过组织考察,36 岁的青年工人周红亮面对党旗,庄严宣誓,正式成为一名光荣的中国共产党党员。

"从此以后,工作要更认真,更扎实,更卓越。否则,不仅给自己丢脸,还给党组织丢脸!"火红的党旗下,年轻的共产党员周红亮对自己立下两个要求,一要更加注意自身形象,二要在工作中做到精益求精。

敢为常语谈何易,百炼功纯始自然。入党以后,周红亮有了动力,有了目标,有了更高的精神追求。他主动要求,将最艰苦复杂的巡山路段留给自己,把最脏最累最苦的工作留给自己。每年春节放假时,他主动带头去融冰站值班。

秦岭深处的值班不是舒适地坐在办公室里看数据,值班是顶风冒雪,跋山涉水,在层峦叠嶂、郁郁苍苍的大山里巡检高压电线。雪雨说下就下,气候说变就变,融冰时遇见孤狼,巡线时与狗熊对视,成群的野猪突然就出现在视线里,声息相闻……这些从天而降、防不胜防的危险场景几乎成了周红亮工作的一部分。他没有畏惧,也没有退缩,他坚持着用自己的双脚量遍了秦岭的沟沟壑壑。工作至今,周红亮在秦岭山中巡线的路程,累计已经超过了 5 万公里,近乎走了 4 次长征。

跋山涉水,顶风冒雪;寒来暑往,风雨兼程。在这 5 万公里的征途中,周红亮对党员身份的认识越来越深,也越来越珍惜,他为自己的党员身份自豪。每当遇到急难险重的任务时,一句"我是共产党员,我先上",成了周红亮最常用的口头禅,这声音斩钉截铁,

冒雪巡线

是一个人心理语言的摘要。

2008 年,三十而立的周红亮开始担任秦岭输电运维班的班长。班长不是个官,准确地说,只是一个事无巨细、七零八碎的事情都要操心的小管家。成为班长后,他的责任更重,目光也放得更远。一方面,他要统筹全盘,带领同事将工作做全做好,同时,他还要发挥党员的示范带头作用,以身作则,提高队伍的工作效率和水平,以及保障同事的安全。

太阳从东方升起,天际一片灿烂,又到了巡检时刻。周红亮和同事准时出现在院子,专心致志地整理着背包。他不仅整理自己的背包,还不时地提示着别人,看着一个个带上防蛇腿套后又检查了下手中的砍刀,便开始了一天的“征程”。穿过一条小溪后,山间小路被杂草和灌木覆盖,几乎辨认不出路的踪迹,每走一步都要用砍刀将挡路的树枝砍掉,几乎 90 度的山坡,要用砍刀勾住树枝、手脚并用才能爬上去,还要时刻注意脚下,不让碎石滚落砸伤后面的同事。大约两个小时后,一行人爬到了半山腰。“哎呀!”周红亮突然叫了一声栽倒在地。大家一看,原来他的脚被一根长长的铁丝缠住。周红亮用手卸下铁丝,一脸忧郁地说:“这是偷猎者下的电网,逆变器可能被拿走了,今天差点就出大麻烦了!”其实,对他们来说,这一惊也不算啥,与毒蛇、野猪迎面而遇的事情几乎每年都要发生,那才是最可怕的。

2013 年春节,周红亮成为党员后的第一个春节,就赶到秦岭山中的融冰站值班。大年三十晚上,监控系统突然报起警来,一处线路出现故障。虽然线路很快重合成功,但必须搞清楚故障发生的地点和原因,不能就这样放过。当时天色已晚,不能出门巡查,周红亮一夜都没睡好。大年初一,早上六点多,大山还在沉沉地酣睡着,周红亮就醒了,他和值班的另一名党员,来不及吃早饭就出门,步行寻找故障点。大年初一的秦岭深山中,冷且寂静,两个党员徒步前行,不放过一处地方。待到后援团队赶到时,两人已经翻越了两座山梁。这时,山里的居民已经吃上新年热腾腾的臊子面了,两人筋疲力尽,饥肠辘辘,但没查到故障点,两人实在无心吃饭。经过后续的巡查终于找到了故障点,马上进行维修,一直持续到农历大年初五,故障才全部排除完毕。直到这时,周红亮悬着的心,才慢慢放下。

山里地势险要,一条线路上铁塔距离不一,但最少也有 1 公里的路程。在凤县有一处线路全长 10 多公里,一路全是"无人区",一旦开始巡线,必须从头走到尾,出了山才会有人家,至少需要整整一天的路程,累了坐下来歇会儿,饿了吃压缩饼干,然后继续朝前走。因为巡查,周红亮和山里的村民渐渐熟络起来,从硖黄线出来的时候,常常会有老乡热情地招呼他去家里坐坐。周红亮说,遇到半夜抢修的时候,从山上下来回不去,就在附近的村民家里住。时间长了,这些村民渐渐发展成了他的信息联络员,如果线路上出现问题,村民会第一时间联系他,告诉他。

人心换人心。作为村民的老朋友,周红亮投桃报李,也经常力所能及地帮助他们。2014 年春节前,山里下了一场大雪,天寒地冻,冰雪路滑,秦岭山里交通非常不便。春节期间要在秦岭融冰站值班过年的周红亮,购买年货时,得知周家庄的王小勇一家无法出山,还没有置办年货,就顺便给他们家买好东西送了过去。凤县三官殿山大沟深,人烟稀少,交通极为不便,鲜才焦老人和老伴就住在这里,生活非常清苦。每次巡查这里的线路,周红亮和班里的职工总会带一些干净的衣服或蔬菜送给老人。

巡线是个苦活儿,上上下下,跋山涉水,一天山路走下来,累的一句话都不想说,就想赶快躺在床上,舒服地伸个懒腰。但,当遇到需要帮助的乡亲们时,周红亮哪怕双腿已经抽筋,也会微笑着走上前去,伸出热情的双手。

给困难户送温暖

2015年，周红亮和同事进山处理线路问题，当他们走到凤县河口镇附近一座深山中时，发现一处线路下，有六棵槐树长得郁郁葱葱，高耸入云。这种长得较高的树必须尽早处理掉，不然一旦刮风引发倒伏，会直接影响附近群众人身安全和线路的正常供电。经过走访，周红亮得知，这几棵树都是附近一户人家的，这户人家只有一对60多岁的老年夫妇，带着一个两三岁的孙子生活。按照规定，周红亮只需通知到户，这几棵树应由所有人自行处理，可是周红亮看到两位老人年事已高，根本无力顾及。于是，周红亮决定帮助老人处理树木。干了一下午，累了一身汗，周红亮却毫不在意，对同事说，只要老人安全，线路安全，这比啥都重要。

山里成了周红亮的又一个家，他和驻地的乡亲们很熟悉，问长问短，问寒问暖，进出山时尽量帮沿途村民捎一些生活用品，还经常在巡线过程中帮扶沿线的贫困户。即使是自己巡线范围之外的贫困群众，周红亮也尽可能给他们带去实实在在的帮助。从2015年起，周红亮和同事经常来到陈仓区县功镇和西山地区，给这里的一些贫困户家庭送去米、面、油、棉衣、棉被等物品，这些地区的贫困学生，还经常会收到周红亮他们送来的衣服和学习用品。

这样的故事很多很多，层出不穷，举不胜举。在解决线路问题的现场，在巡查线路的山中，在整理资料的办公室，抑或是在融冰保电的一线，周红亮带领整个班组的党员们就像一列疾驰的火车，带着磅礴的气势和永不停歇的动力冲在最前，真正发挥出党员的先锋模范带头作用；在班组中自觉形成了一种不畏艰险、争先攻坚的氛围，也让班组中各类荣誉不断涌现，如雨后春笋，亮点纷呈。

春风化雨，润物无声。在周红亮等党员的感染、带动和影响下，几年来，班组里的党员越来越多，现在已有8名。就在不久前，周红亮的徒弟、26岁的上官原野也积极地向组织递交了入党申请书。孙安兴、周红亮、上官原野，一代代的电力人，将党旗深深扎根在秦岭深处,扎根在班组成员的灵魂深处,扎根在人民电业为人民的事业深处。

全心全意为人民服务,是每一个共产党员的精神向度,也是每一个电力工人的价值旨归。年轻的党员周红亮始终将这句话记在心中,不仅折射在每一个平凡的日子里,也践行在每一件细微的事情中。

一滴水可以折射太阳的光辉,一个细微的行动可以看出一个人博大的情怀。这些看似琐碎的小事,微不足道的小事,也可能红亮都忘了,唯其如此,平平淡淡,兢兢业业,实实在在,才能真正反映出一个共产党人的底色和风采。2015 年,周红亮不但获得了陕西省"优秀共产党员"称号,同时,他还登上了"中国好人榜"。

——这应该是两个相互关联,霞霓互染的名词!

第六章　一个盼望出发一个盼望到达

　　一个海员说／他最喜欢的是起锚所激起的那一片洁白的浪花／一个海员说／最使他高兴的是抛锚所发出的那一种铁链的喧哗／一个盼望出发／一个盼望到达。

　　　　　　　　　　　　　　　　　——艾青《盼望》

　　赵二宝和周红亮。

　　一个1957年出生，一个1976年出生。

　　一个负责供电抢修，一个负责巡视线路。

　　一个获得了"全国劳动模范"称号，另一个也获得了"全国劳动模范"称号。

　　他们的年龄差异很大，工作几乎没有交集，但两个人却紧紧联系在一起，互相牵引着前行，就像夜空中的两颗星，虽然并不如太阳耀眼，却始终倔强地闪着光，指引着同路人前进的方向。

2018 年元旦，已经退休的赵二宝和正当壮年的周红亮坐在一起，捧着热茶，回忆起过去在供电局的工作。"其实，我们俩基本没在一起工作过。"赵二宝笑着说。"我们俩直接交谈的情况也不多。"周红亮补充说。"不过……"两人异口同声地说了这个词语，随后两人相视一笑，周红亮接着说："我们虽然交集不多，但是没有赵师傅，就没有现在的我。"

他们之间的来往确实不多，但两人身上都有着太多故事。他们的缘分，还得从最初的故事讲起。

1977 年，当赵二宝走上工作岗位时，周红亮才不到 2 岁。刚开始牙牙学语的周红亮，看着自己父亲身上穿着的电力制服，怎么也不会想到，自己以后也会和父亲一样，成为一名"国家电网人"。

幼小的周红亮无法思考如此深远的未来，而在此时，赵二宝已经成为一名线路工，在电线之间挥洒着青春。

赵二宝没有很高的学历，他只有初中文化水平，下乡归来之后，通过招工进入供电局。但在工作中，学历并不代表一切，他虽然只有初中文化水平，却凭着一股钻劲儿和猛劲儿，迅速成长为一名业务骨干。是金子就会发光。1996 年，工作近 20 年后，凭着丰富的经验和极高的业务水平，赵二宝被调到供电局紧修班，担任班长一职。自此，赵二宝在这个平凡而又不平凡的岗位上，尽情地发挥着属于自己的闪耀光辉。

紧修班主要承担金台、渭滨两区和陈仓区西部山区部分乡镇共 680 平方公里范围内的 46 条 10 千伏配电线路、602 公里低压供电线路、723 台配变和开关的故障抢修，30000 多个各类中低压客户用电故障的紧急处理及调度命令的停送电工作执行任务。同事们回忆说，赵二宝不仅业务熟练，对服务区内的行车路径、供电方式、具体接线、用电设备状况等也了如指掌。在检修时,不管多难的问题,赵二宝总是第一个站出来解决问题。雨天抢修危险,他冲在最前;队里谁生病了,他主动顶上。这样,赵二宝,很快成了一个典型,一面旗帜,让同事都佩服不已。

令所有同事都佩服的赵二宝,却佩服年轻人周红亮。

1999 年冬天奇寒无比,秦岭的大雪就没怎么停过。那些穿梭在秦岭之中的电线和各种供电设施,很有可能在风雪中损坏,进而影响到附近居民的正常生产生活用电。更令人担心的是,宝成铁路的正常运行也有可能因为电力得不到保障而受到影响,进而影响数十万人的出行,宝鸡电力人面临着极大的考验。

在这样的情况下,赵二宝带领着抢修队的队员,顶风冒雪,驰援秦岭。在人迹罕至的深山之中,大雪盖住了青山,到处都是白茫茫一片,赵二宝刚卸下装备,才说了解一下线路受损情况,顺便休息一下时,却在漫天的风雪中看到一个模模糊糊的影子。

"这是什么情况?"赵二宝一边想着,一边眯起眼睛仔细望去。

这是一个年轻的身影,敏捷地在电线杆上攀爬,调整和处理着高压丝具。也许是看到赵二宝一行,那人放下手中工作,深一脚浅一脚向他们走来。走近一看,原来是一个小伙子,个子挺高,方脸,因为气温太低,小伙子的脸已经被冻得通红。

小伙子笑着伸出手,口中带出一片白茫茫的呵气:"赵师傅你好,我是凤州保线站的周红亮。"

这是个认真敬业的好小伙子,赵二宝握着周红亮的手,心里说。

简单的情况介绍后,大家不再多话,分工明确,带着工具赶往抢修现场。在抢修中,赵二宝发现,这个叫周红亮的小伙子几乎没休息过。不管什么时候,他都在认真干活,哪里危险,哪里就能看到周红亮的身影;哪里缺人手,哪里就有周红亮的忙碌;哪里需要支援，周红亮总是能最快赶到。在这样的深山中，能耐得住寂寞，还能保持这么大的工作热情，具有这么强的责任心，赵二宝开始佩服起面前这个小他近20岁的小伙子了。

其实，惺惺相惜，周红亮何曾不佩服赵二宝？

年轻的周红亮心中，赵二宝就是自己的偶像。为什么？我们来看看赵二宝那些年都做了些啥？

自进入紧修班以来，赵二宝就时时刻刻冲锋在抢修第一线，"有故障的地方，就有赵二宝。"这已成为全单位的共识。2001年7月的一天，气温高达近40度，一处10千伏的高压线路突然出现故障。为了保证供电，抢修人员必须带电作业，随时要面对高压电的危险，当时没有任何人有带电作业的经验。这时，赵二宝挺身而出，他说："这是咱们第一次带电作业，我先来，你们离我远点！"

当时的场面惊心动魄，和电影里拆除定时炸弹几乎没什么区别。大家虽然没有靠前，但都围在一起，紧张地看着赵二宝，一根针掉在地上都能听见。两个多小时过去了，赵二宝终于完成了任务。当同事们急忙围过来帮他脱掉绝缘服时，只见他里面穿的衬衣湿淋淋的，就像刚从水盆里捞出来的一样。

2001年除夕，辖区内一条10千伏线路被吊车碰断，赵二宝带领全队同志前去抢修。经过一夜奋战，终于在初一早晨5点恢复供电。可是，赵二宝和队员们，在辞旧迎新的鞭炮声中，却连一口热饭都没有吃上，就赶赴下一个抢修现场。第二年冬天，天气异常严寒，一场大雪造成了5公里之外的蟠龙塬村变压器丝具烧毁，全村几十户群众全部停电。接到报修电话，赵二宝立即动手准备抢修工具和材料。可是当时正是大雪，抢修车压根不能上路。赵二宝说："停了电，村里的吃水就成了难事。车上不去，我们还有两条腿！"说罢，他背起工具，带领队员徒步走了一个多小时，赶到村里迅速处理了这起故障……在他的带领下，紧修班每年实施紧修服

全国劳模周红亮

全国劳模赵二宝

务 5000 余次,修复率 100%。

"有困难,我上!"这是赵二宝常挂在嘴边的一句话。不管是严寒还是酷暑,也不论是白天还是黑夜,哪里有困难,哪里就能看到他的身影。有一天,赵二宝值完夜班刚回到家中休息,电话铃就响了起来,原来是西山固川一台变压器坏了。赵二宝二话没说,穿上衣服就赶到班里。同事们考虑到他刚值完夜班很累,加上西山距市区有 35 公里,路途难走,便让他留在家里。可赵二宝却说:"咱们班本来就人手紧张,再碰上这么个紧急任务,你们就是让我待在家里我也睡不着!"说完,他便和同事们收拾工具,翻山越岭,以最快的速度赶到了现场,很快为村子重新通上了电。

多年来,赵二宝和他的队员们急群众之所急,想群众之所想,把优质服务的理念真正体现到日常行动之中,受到了上上下下的普遍好评。2003 年,省电力公司和宝鸡供电局授予紧修班"服务明星"称号,并把它命名为"二保紧修服务队"。这个"二保",一是谐音赵二宝的名字,二是代表"一保客户满意、二保政府放心"的理念。这个"二保"理念,也成了此后宝鸡供电局响亮耀眼的一块金字招牌。

"要修电,找二保,二保来了没嘛哒!"这是流传在宝鸡许多市民中间,由他们自发编写的"广告词",这也代表着市民对赵二宝,对"二保紧修服务队"以及对国网宝鸡供电公司的信赖和认可。在那些年里,紧修班也相继获得了宝鸡供电局最佳班站、安全先进集体、学雷锋先进集体、"创佳评差"最佳班站、原国电公司全国"十佳优质服务明星单位"等殊荣;赵二宝个人连续被评为局劳模、优秀党员、创一流立功个人、优质服务明星、市劳模、陕西省电力公司十佳优秀党员、优秀班组长……

以人为镜。赵二宝的事迹,在周红亮心里留下了不可磨灭的影响。起初,他不服气,总想着"凭什么局里老是表扬赵二宝?"后来,随着赵二宝的一件件事迹流传开来,周红亮的心态逐渐有了变化,了解得越多,他就越觉得赵二宝名副其实,值得尊敬。

周红亮是一个典型的西北汉子,他对赵二宝不只是佩服和尊敬,他要向榜样认真学习。当然了,在内心深处,他还有一丝比拼赶超的心劲儿。"赵二宝师傅能做到的,我也一定能做到。"周红亮对自己说。

虽然,赵二宝主要负责抢修,和周红亮日常负责的巡视线路不是一个工种,但是工作的核心都是相同的——尽一切努力保用电平安顺畅,都需要强大的自制力和强烈的责任心。于是,周红亮对自己的要求比过去更严格。

巡线时,别人走 5 里,周红亮就要走 10 里;走山路,别人看地图,周红亮就默记路线,争取一眼地图都不看;除夕夜,别人要回家团圆,周红亮就主动要求去融冰站值守。逐渐地,周红亮的事迹也开始在同事间流传。

一次,宝鸡供电局组织交流活动,每个职工都可以报名,去其他班组交流学习。得知此事的周红亮,早早就报名,希望去"二保紧修服务队"交流。他早就想看看,大名鼎鼎的"二保紧修服务队"和赵二宝本人,究竟是怎么工作的。

交流活动的当天,周红亮早早来到"二保紧修服务队",却被告知,赵二宝早早便已出门,赶往一个抢修现场。在服务队队员的带领下,周红亮参观了服务队的办公地点。

震撼。

这是周红亮的第一感觉。服务队采取半军事化管理,每位队员的服装穿着,工具佩带,甚至是办公用具的摆放都是整齐划一。在周红亮交流学习的两天时间里,他曾不止一次看到,不论何时,只要抢修电话响起,抢修队员没有一句废话,穿好制服,扛起工具,抬腿就走。在晨雾中、烈日下、夜色里,他们的身姿始终挺拔,速度

赵二宝为群众排忧解难

赵二宝杆上抢修

始终迅捷，就像是一名训练有素的军人。

认真。

这是周红亮的最大收获。在服务队的办公室中，有三四个醒目的大柜子。周红亮拉开柜子，发现里面塞满了服务队日常的各种记录，不论是学习文件，还是支出明细，甚至是小小一张收据，每一页上的字迹都工工整整，内容都记录得非常详细。甚至，某年某月，某某某为某户换个灯泡、换个保险丝都有非常详细的记录。读了这些记录，服务队这几年的所有工作都有据可查，有迹可循。

漂亮。

这是周红亮的直观感觉。在队员的精心打扫下，服务队的办公室永远宽敞、明亮、整洁，队员的着装永远清爽、简单、得体，每个人的精神面貌都非常好。在赵二宝看来，不论是办公环境还是个人装扮，都代表着服务队的整体形象，不管是面向群众、同事、领导或是自己，都力求留下一个美好的印象。同时，他们的日常工作永远找不到失误，也没有投诉，这种成就源于日常的不断苦练和学习提高。

"二保紧修服务队"，名副其实，名不虚传。周红亮觉得，这次交流学习活动，不虚此行。

回到工作岗位上后，周红亮对自己前方的道路愈加明晰，对自己的要求也愈加严格。他想，自己要尽快赶上赵二宝师傅的步伐。

在融冰站，周红亮日夜坚守，每次都要进行 5 个小时的分相融冰操作，直至导线覆冰完全消除。次日一大早，周红亮还要带着工具，前往线路上观察当晚融冰情况。一个馍馍一瓶水，就是周红亮的标配，随着覆冰厚度不断增加，周红亮和同事每天还要攀上铁塔进行扫雪除冰，每次从塔上下来的时候全身都僵硬了，甚至工作服都被冻烂过好几套。

但，周红亮觉得，这和赵二宝相比并不算啥。

在深山巡线时，线路的杆塔号、村屯地界、风向、覆冰现象、塔上的绝缘子，这些都要注意，周红亮不但将它们都记下来，还对这些数据了如指掌。巡线时，经常会遇到各种野兽猛禽，奇怪的植物和飞舞的马蜂更是让巡线工苦不堪言。周红亮碰到漆树过敏症状严重，甚至造成肾积水和出血，住了 11 天医院才恢复。

但，周红亮觉得，这和赵二宝相比不算啥。

他不但坚持巡线，还将自己曾经历过的事情一一总结，给同事传授经验。他还不断实践和创新，研发了"线路智能清障精灵""输电线路遥控式分流器""防蜂帽"等一系列实用型发明，极大地方便了宝鸡电力人的工作。

2008 年，罕见的冰雪灾害对秦岭许多线路造成严重威胁，周红亮和同事冒着大雪，连夜赶赴秦岭巡线、排查故障；"5·12"汶川地震期间，他义无反顾地投入到设备隐患排查中，冒着频发的余震和随时可能掉落的山石，对一座一座高山、基塔进行拉网式排查，随后还赶赴甘肃，支援当地抢险。

但，周红亮觉得，这和赵二宝相比不算啥。

而在赵二宝心中，也对周红亮的事迹有着详细了解。1999 年，秦岭风雪中那个憨直认真的毛头小伙子，正逐渐闪耀着独属于自己的光芒。这种光芒，也照射进赵二宝的心中，让他对工作的态度更加认真，毕竟，自己不能被一个比自己年轻近二十岁的小伙子比下去。

两个人，二水分流；两个人，惺惺相惜。两个人就这样互相牵引着前行，在各自的工作岗位上发光发热，并用自己的努力，让宝鸡供电局的工作，一步一步走向卓越。

2005 年，赵二宝获得"全国劳动模范"称号，成为宝鸡供电局获得此项殊荣的第一人。

"有朝一日，我也要像赵二宝师傅一样，成为全国劳模。"这是

市区供电分局
台区计量箱

宝鸡电力开关厂

周红亮当时给自己定下的目标,应该是人生一个远大的理想。

2013 年,已经更名为国网宝鸡供电公司的宝鸡供电局,成立了"二宝劳模工作室",由赵二宝领衔,各级劳模、专家、高级技师和 6 个配电运检工作站站长等 16 人为成员,以践行企业文化、培养专业人才、开展技术创新为主,将劳模的优秀品质、精湛技艺、绝活绝技转化为推动企业发展的强大动力。将"一保客户满意、二保政府放心"的服务理念延伸出去,让更多人享受到宝鸡供电的优质服务。

长江后浪推前浪。同年,以周红亮为名的"周红亮创新工作室"成立。工作室聚集了宝鸡电力上的高精尖核心人才,在周红亮带领下,承担着输电运检专业创新项目级课题的孵化、研发和推广任务。目前,该工作室已拥有国家实用新型专利成果 13 项,发明专利 2 项。

2015 年,周红亮站在赵二宝曾经站立过的领奖台上,接过了"全国劳动模范"的奖章,胸前一片辉煌。

"一个小目标完成了,下一个目标来了。"周红亮在心里对赵二宝说,他知道自己任重而道远。

第七章　到处有火的花和蓓蕾

　　这个世界这么美／我热爱它／就因为到处有火的花和蓓蕾／有生命的／都在燃烧／我也早就被点燃了／有时觉得像一座火山／这是燃烧的世界／我看见火的千姿百态／都为了达到一个目标。

——杜运燮《火》

　　空谷传响。山鸣谷应。

　　零点钟声敲响的时候，央视春晚直播大厅人声鼎沸，成了一片欢乐的海洋，新年到来了。万籁俱寂，秦岭深处的融冰站也有了一丝儿年气，门前贴着红红的对联："清水白菜，沸腾红火日子；浓墨淡彩，描摹激情岁月。"老史和上官早已在院子里放起了烟花，一束一束七彩的光华在深邃的夜空中绽放。片刻的热闹过后，这个建于 20 世纪 70 年代、位于秦岭大山深处的中国首座 110 千伏融冰变电站,陷入更深的沉寂。

周红亮走出变电站的小院子,站在门口的平台上环看四周,群山静默,夜空浩瀚,唯有无数的星星,在零下二十多度的严寒里,依然眨着神秘的眼。周红亮把手机掏出来,拨出那个熟悉的号码,放在嘴边,像往年一样,说一声:老婆……过年好……

不出所料,手机里传来一串忙音。周红亮的眼里,又一次忍不住蓄满了泪水,但他还是忍不住要说下去:辛苦了,老婆……

上官去年刚参加工作,第一次在山中过年,感觉很新鲜,出来叫他:班长快回来,吃饺子了。忽然看见班长在打手机,忍不住失笑:咱们这儿没信号,你又不是不知道,打什么电话?!

老史探出身来,悄悄把上官拽回去。

这是公元 2017 年元月 27 日,不,28 日的子时,零点刚过,一元复始,万象更新。新的一年,来了。

绝不是偶然。这是周红亮自 1995 年参加工作以来,在山里过的第 21 个春节。

翻阅今年春节期间他们的值班日记:

2017 年元月 27 日(除夕)

9:54 分,传感器发出警报"导线重量超过警戒值,开始融冰!"周红亮操作,史占远监护;

12:25 分,导线重量恢复到 590 千克至 610 千克的无冰状态,融冰结束;

13 时整,周红亮、上官原野出发,巡视线路;

19:30 分,融冰段线路全部巡视结束,一切正常;

20 时至次日,观测结冰数据变化。

2017 年元月 28 日(大年初一)

春节值班

8:46分，传感器发出警报"导线重量超过警戒值，开始融冰！"
史占远操作，周红亮监护。

⋯⋯⋯⋯

怎么能这样安排工作？是，融冰变电站越是在春节期间，越需
要有人值守。但都是父母生、父母养，都有七情六欲，都有儿女情
长，难道周红亮就是石头缝里蹦出来的孙猴子吗？

周红亮解释：不是领导不会安排。刚上班那几年，父母在凤翔

老家,我一个人在宝鸡,还不如到山中值守,让师傅们回家和家人团聚。慢慢就成了习惯,尤其是 2008 年之后,我当了班长,更用不着别人安排了……

但是 2002 年,你结婚了;2004 年,你有了儿子,家对你来说,不再是一个人。你每到除夕进山,初二、初三才出山,你想过她们的感受吗?

周红亮嗫嚅了几句,偷眼看一下坐在边上的妻子王晓莹,小声嘀咕:我是班长嘛。大家跟着我辛苦了一年,过年嘛,还是回家好一点。我自己在山上,心里踏实……再说了,我把她们娘俩也接到山里,一起过过年,后来她们不愿意去,我也没办法……

"就是不愿意去。"

文静娇小的王晓莹斩钉截铁地告诉我:2011 年和 2013 年春节,我带孩子去过两次,陪他在山里过年。我无所谓,只要能和他在一起,什么地方也愿意,但孩子不行呀!孩子第一次去时 7 岁、第二次去时 9 岁,正是活泼好动的年龄,在城里有游乐场、有小伙伴。山里有啥呀,出门就是积了一个冬天的雪,就是一座又一座大山,就是冻掉鼻子的干冷。那里是真冷呀,人只能缩手缩脚,躲在宿舍里看电视,电视也只有可怜的几个节目。所以,去过两次之后,好说歹说,儿子再也不愿意去了。

我在周子恒的小房里,单独和他聊天。13 岁的周子恒拘谨,绵软,说话的声音很小,怯生生地。我以为他有顾虑,把门掩上,告诉孩子:没事,对你爸有什么意见,放心大胆地说!

周子恒沉默半天,摇头。

我从另外一个角度启发他:那你的记忆中,和你爸在一起,比较难忘的故事,有没有?

他眼睛转半天,还是摇头。

我继续启发:比如说,他给你开家长会,他给你在睡前讲故事,他带你出去玩……

周子恒腼腆地笑：你说的这些，都是我妈的事。我爸对于我来说，就是个……理论上存在的……爸爸。

我有点不甘心：你再想想，可能因为少，你一时忘记了。

周子恒还是笑：我怎么会忘。我爸不能说不关心我，有好几次，他回来早，要给我检查作业，坐下翻不到两页纸，就打开呼噜了。我上小学的时候，大概一二年级吧，他曾经接过我一次，还没有接成。因为老师不认识他。

但，你认识你爸呀？

周子恒嘿嘿地笑，不说话，一脸腼腆，一脸纯真。

王晓莹也笑了，捂着嘴给我解释：那一天，周红亮被漆树"咬"了，脸肿的圆乎乎的，眼睛挤成了一条缝。孩子还小，看见他爸那个样子，吓得直往老师身后缩。老师有些疑惑，就没有把孩子交给他。后来还是我给老师打电话解释，他才把孩子接回来。

结婚15年来，王晓莹说她吵也吵过，闹也闹过，过头话也说过，但现在已经心平气和，不是习惯了，而是理解了。他不想做的事说了也不听，谁也拿他没办法？2008年，他到凤州保线站当站长（秦岭输电运维班班长的前身），一周回不了一次家，我去找他领导，人家领导一脸笑，慢慢地解释。他后来知道了，倒给我发火，说他是班长，他不去谁去？娃小的时候，我也在生产班组，有时忙起来加班，孩子没人带；让他找领导说说，给我把工作调一下，他说张不开口。2012年，孩子二年级，课堂上忽然肚子疼，送到医院一检查，是肠炎，在医院住了一个星期。他在电话里说的好，回来了回来了，马上就回来了，就是连个人影都看不到。等他真的回来了，孩子也出院了。

这些年，孩子慢慢大了，进入青春期，越来越难管；学校里老师说过几次，尤其男孩子，多让父亲带，可以增强男孩硬朗坚强的一面；他答应得挺好，可跟孩子坐一起，不到三分钟就打呼噜了。结婚 15 年了，谈恋爱的时候，还陪我逛过两次街；等成了一家人，再也叫不动他了；这些年来，不管是生日，还是结婚纪念日，他都记不住，更别提送礼物了……

周红亮不说话，陪在边上一脸苦笑，听到这里赶紧解释："我记得的，你的生日是 8 月 22 日，孩子的生日是 5 月 10 日；咱俩结婚是那一年的十一月。"

王晓莹冷笑："记得你不给我说，微信这么方便的，发一句暖心的话就那么费劲。"

"山上哪有信号！"周红亮难得理直气壮一回，"一进山，电话都打不通。"

王晓莹生气了，一点面子也不给："那不进山的日子呢？班组里待着也没见你说过。"

"咳！"周红亮站起来给我添水，"一家人过日子嘛，要那么多形式干啥。"

王晓莹认真起来了：我就喜欢形式！

周红亮给老婆也把水倒上，再不吭声。我赶紧劝，"说点好的，说点好的……"

王晓莹看看周红亮，忽然笑了起来："他呀，让我说好处，还真有一点，就是脾气好，你再跟他吵，再跟他闹，他都是不急不躁的。就冲着这一点，我想呀，这辈子就遇见这么个爱工作的实在人啦，日子就这样过吧！"

周红亮单独和我聊的时候，感觉最对不起的是父母亲。

参加工作以后，他就再也没有陪老人过过年，每年都是到了正月初三四，才带着老婆孩子回凤翔老家。老人年龄大了以后，他接到宝鸡想多陪陪，说是想尽孝，照顾老人，其实都是老婆在替他操劳。还有一点，家在六楼，老人出入不方便。待了不到一个月，就回家去了。前年冬天,父亲多年的老毛病高血压、糖尿病犯了,导致中风偏瘫,在西安交大二附院住了一个多月,出院以后,人只能坐在轮椅上,话都说不利索,身边离不了人,只好被哥哥接到鄠邑区电厂,一来哥哥家住在一楼,二来哥哥工作不是那么紧张,时间有保证。

"你爸住院——具体是什么时候的事?"我问。

2016 年春节前后吧。

但你那一年春节,还坚持进山,到融冰变电站值守?

周红亮叹一声:"你可能不了解,从 11 月底到次年的 2 月底,每到夜里,秦岭深山中都在零下十几度,尤其春节前后,是最冷的时候,导线上的覆冰层层叠加,如果不及时处理,后果不敢想象。所以,在山中融冰值守,真是提心吊胆,必须要时时警惕。我们站里有覆冰传感器,一旦达到 200 公斤,就要启动融冰装置,开始带负荷融冰。但光靠传感器也不放心,我们要求每天对重要覆冰线路进行一次巡视。最厚的雪到大腿根,走一趟就是六七个小时……"

这里,我们讲一段插曲,听听周红亮哥哥周翔怎么看待让自己一人照顾老人这件事情的。"红亮也不容易,我很支持他,他这些年也是一直忙,我也在电力系统待过,知道他的工作性质。每年过完年,红亮抽空来我这儿看父母,与家人坐一块团聚一下,吃个饭当天就回去了。红亮在我这儿不敢待的时间太长,因为工作上还有事,每年基本上都是来一天就回去。父母要是有什么事,基本上都是我处理。原来他们想着把父母接过去,离他们能近一点好照顾,父母也不愿离老家太远。结果他俩一天忙得不行,家都回不去,想照顾父母也照顾不上。所以,父母就都不让他照顾了。我对他很理解,确确实实忙得靠不住,也就不依靠了。"

周翔是教师,说话不紧不慢,很有条理,能看出他对兄弟的爱护。他说："红亮小时候,学习还不错,也爱帮助别人,不管上学路上还是务农,他只要看见需要帮助的人,都会去帮助。除草、割麦、开拖拉机、修电他都会,也不知道他是跟谁学的,也爱捣鼓电器啥的,就是闲不住,也不知道累。家里的收音机、鼓风机、手表、电视机啥的,只要让他看见的,他都拆过,也都能装好。"

"谁家要是没电了,他都跑过去修,还真给修好了。后来一街两行子左邻右舍谁家电灯不亮都叫他,他也好说话,跑得快,一叫就到。记得有一次,他小学放假要跟我爸去变电站,结果去了一回还上瘾了,每次放假他都要去,说是那里面有好多电器元件没见过,还说要看看我爸他们是怎么干电工的。一个小孩心里有那么多心思,从那个时候起他就更爱捣鼓了。有一次在家修电还把他打了一下,把家人吓得不行,说他再玩电器就打他。你说他那个时候就那么爱玩电,是不是造成了他现在从事这个职业。有时候听他说在单位发明了个啥,还获得国家专利了,我们听了也很高兴。后来,他获得了很多奖励和荣誉,我们家也感到很自豪,我想我们对他的支持付出也值了,红亮也很优秀……"

南怀瑾先生说："为人处世,能容则易。凡事见仁见智,包容者能博采众长,从善如流;包容是宽恕待人,允许别人有过失;是以德感人,是一种善的力量,拉近人与人之间的距离,化解人与人之间的矛盾。尊人者人尊,容人者人容。"在这里,我们看到了亲情的可贵,看到了血浓于水的意义,看到了一家人对红亮默默地深情地包容、理解、支持、奉献,也更加理解了忠孝难以两全的周红亮,不是不想爹,不是不想妈,不是不想妻儿,不是不想家;而是因为,有血有肉、有情有义的周红亮心里装着更多的人、更大的家,装着一种大江大河亦无法承载的人间博爱。

第八章　请把这一切放在你的肩上

不是一切大树／都被暴风折断／不是一切种子／都找不到生根的土壤／不是一切真情／都流失在人心的沙漠里／不是一切梦想／都甘愿被折掉翅膀／不，不是一切／都像你说的那样／不是一切火焰／都只燃烧自己／而不把别人照亮／不是一切星星／都仅指示黑夜／而不报告曙光／不是一切歌声／都掠过耳旁／而不留在心上／不，不是一切／都像你说的那样／……一切的现在都孕育着未来／未来的一切都生长于它的昨天／希望而且为它斗争／请把这一切放在你的肩上。

——舒婷《这也是一切》

人生是一场旅程，也是从生到死的行走。虽然，终其一生，我们都逃不过"寄蜉蝣于天地，渺沧海之一粟"的天命，但是，一样长短的人生却可以活出宽度不一的精彩。有的人百岁一生如朝夕一日,有的人昼夜一日则如沧桑一生。

巡线工周红亮似乎就是为行走而生的,看似温婉质朴的外表下,奔突着、行走着一颗热情、勇敢、进取的青春的心。从少年到青年,从乡野到城市,从城市到深山,从宝鸡到陕西,从陕西到北京,他一直在行走着。可以说,他就是一本有血有肉的移动地理图册,让读者足不出户,便可以随着其灵活健朗、妙趣横生的足迹行走天涯。

古道热肠的董小刚是周红亮的直接上级,运维检修部的党总支书记、副主任,一个精干的中年汉子,小平头,笑起来满脸的褶子。采访董小刚的时候,他把一个词重复了几遍:敬业。他说到周红亮自干上这个巡线保电的工作以来,没有因为私事请过一天假。他所负责的线路,没有发生过一次人为因素的故障,没有发生过一次人为因素的停电,没有发生过一次!绝对没有!他挥着手给我强调:不容易,真不容易。红亮的这个"全国劳模""国网工匠",实至名归,含金量百分百。就说过年不回家在山中值守这个事,一坚持就是二十多年,我们这些当领导的,都不忍心,也劝过他很多次。但他说得好,这是他班长的"特权"。他的责任重,拿的岗位工资比别人高,就应该多干点。

陪同采访的国网宝鸡供电公司宣传干事柴永杰,嗓音浑厚,朗诵有专业水准,被誉为"自带音箱的麦霸哥",对周红亮的事迹比较熟悉。我特别注意到他的叙述中说到融冰这段,有两个细节。一是线路巡查:他们经常带着红外线测温仪、望远镜及其他工具,冒着严寒,破冰开路,前往线路上观察融冰情况。饿了,拿出一个冻得硬邦邦的馒头啃一啃;渴了,把快结了冰的矿泉水放在怀里暖一暖,喝上一口继续前行,直到巡视完融冰线路,他们才返回站上。而这一走,就是一天。二是上塔除冰:那是 2010 年 2 月的一天,秦

线路除冰

岭山下了一场冻雨，导线上的覆冰厚度不断增加，周红亮和抢修人员每天都要攀上铁塔进行扫雪除冰，每次从塔上下来的时候，全身都僵硬了，衣服上结了厚厚一层冰，最后把衣服一脱一折，衣服都断了。所以，算下来，周红亮的工作服是最费的，往往还没等穿烂，就先被冻烂了。

我找周红亮了解了一个细节：衣服都冻断了，人能受得了吗？

周红亮点头说道："还行。因为人在塔上不停地动，能产生点热量。即便这样，最长也挨不过半个小时，时间再长，人就僵硬得连塔都下不来了。毕竟，安全是第一位的。所以你想呀，每年这个时候，也是我最担心的时候。在家里睡觉都不踏实，又担心同事的安全，又担心线路的安全。一旦出事，千家万户要停电，过一个黑咕隆咚的春节，宝成铁路也要停运，想想那真是让人不寒而栗。

"为了工作照顾不了老人，心里有没有觉得亏欠？"我问道。

周红亮打个寒噤，这件事想一想都让人受不了。陪老人看病固然重要，但是在这个关键的时间段，守护好这条线路，更重要！

当天晚上，我住在招待所里，临睡前聊借荧屏怡倦眼，刚好在电视里看到央视的一期《开讲啦》，主讲人是中国工程院院士、感动中国 2013 年度人物、我国第一代攻击性核潜艇和战略导弹核潜艇的总设计师黄旭华，为保守国家最高机密，他有意淡化和家人的关系，隐姓埋名 30 多年。30 多年后跪在母亲面前，泪眼相对，泣不成声。曾经有人问他，怎么理解忠孝不能两全？他答："对国家的忠，就是对父母最大的孝！"

做任何一件事，成功之前，没有必要告诉其他人。成功之后不用你说，其他人都会知道的。这就是信息时代所带来的效应。秦岭深处普通平凡的线路工周红亮也许说不出黄旭华院士这样掷地有声、饱含哲理的话。但忽然之间，我理解了他。

"出路出路，走出去了，总是会有路的。困难困难，困在家里，啥事都是难。"这是红亮经常说的一句话，既是工作经验，也是人生感慨。其实，我们都是凡夫俗子，俗世生活中难免还会遭遇工作、管理、人际交往、情绪的逼仄困境，让人心灰意懒，一筹莫展。这时，红亮那种青山绿水间或远或近的行走，便成了立竿见影的灵丹妙药，沉重的肉身仿佛也为之轻舞飞扬。这样说，并不奇怪，在真实的生命里，每一桩伟业都是由信心开始，并由信心跨出第一步。障碍与困难，甚至失败，往往是通向成功最稳健的踏脚石，肯研究、利用它们，便能从失败中培养出成功。生活坚定地告诉我们，很多时候，从天而降的委屈、痛苦、挣扎，都是生命的积淀和历练，人只有逼到绝处方能曲径通幽，落到绝地才会山重水复，最后，迎来人生的海阔天空，柳暗花明。

周红亮清清嗓子，和风细雨地开始分配当天的任务，从凤县三岔镇心红铺村到凤县凤州镇烧锅村，线路长度 32.5 公里，一共 76

基杆塔。令师和张颖超第一组,1-16 号;周会军和张哲林第二组,17-31 号;刘利涛和老田第四组,49-63 号;李师和老史一组,64-76 号;我和上官第三组,老虎咀那一段。分完问副班长令云,"令师你看怎么样?还有什么要交代的?"令云是副班长,摇摇头说"没有,就是红亮呀,别每次都把最重最累的活留给自己,要均衡一点,这样才公平。"周红亮笑笑,"没事,平均下来,我和上官这组年龄最小,应该多干一点。"

　　5 个组,连同我在内一共 11 个人,分乘两辆车出发,沿途在不同地点下车,巡查各自负责的线路。我对这条线路没印象,脑子里大概算算,每个组工作量大体都差不多。一到现场才发现,同样也是十几基杆塔的任务,这段路太难走了,光听听这地名,老虎咀、老虎崖……八点半,车把我们三人撂在山口,走了半个小时,才看到第 32 基杆塔。

　　上官也是第一次走这条线路。小伙子西安交通大学毕业,长得帅,身体也好,步履轻盈地走在最前面,一路走,一路感慨:"哎哟,这没有路呀?怎么走呀?"班长不说话,不回答,嘿嘿地笑,"老鼠拉木锨——大头还在后面呢!"我和上官都没有想到这次会遇上这么难巡的线路。

　　三月初,时令虽已快到惊蛰,山里的温度还是很低,丝丝的风吹来,脸上有些冰凉。好在我们一路爬山,感觉不是很冷,等到了塔下,我背上已经出了一层微汗。上官抬头看,薄薄的云,在天上快速移动,像在匆匆忙忙地赶路,说:"班长,你估计今天能下雨不?"听不见声音,一回头,周红亮正全神贯注地盯着离地十余米的电线,上官也往那里看,"挺好的呀。"周红亮说:"不对",把望远镜拿出来再一看,果不然。周红亮一边说,上官一边记录:

　　三向 TI 线 32# 负侧左相 15 米处导线断股两股。处理意见:安排线路停电时修补。

上官感叹，"班长你这'火眼金睛'真不是白来的，教教我吧，这么高的距离，你怎么肉眼一下子就看出来了。我抬头瞄了半天，没什么异常，也好奇，你是咋看出来的？"周红亮笑笑，不好意思地搔搔头皮，"我也不知道呀，就感觉不对劲，再细看，真是有问题。"上官说道，"班长你这工作已经做到'第六感'的地步，难怪能当"国网工匠"，整个国家电网公司系统就 10 个人！那可不是一般人，都是身怀绝技、天赋异禀、有特异功能的人啊！"

周红亮还是笑着，一巴掌拍过去，少说话，好好干活。你看，这几棵树障要清除，对了，别在树身砍，一下砍到根。同样一棵树障，砍树根比起砍树身，劳动量大多了，上官砍了两棵就不乐意了，"班长咱们用不着斩草除根吧，这么低的树身，它怎么长也够不到电线呀。"周红亮说"那可不行，秦岭山里气候变化快，惊蛰一过，天气很快就热起来，山中雨水又多，树木的生长速度比起冬天，可要快多了。"随手接过砍刀，一下一下给上官示范，手起刀落，每一刀下去，一棵小树就被齐根斩断。

我问上官，"火眼金睛"是怎么回事？上官说他也是听老师傅说的，他很高兴自己有故事，眉飞色舞地给我讲。2006 年，西北电网公司开展 330 千伏保线站站际竞赛期间，周红亮被抽调到 330 千伏二保保线站参赛。10 月的一天中午，他在对马汤线巡视时，发现 139 号杆塔边相导线的悬垂线夹球头与瓷瓶单联碗头连接部分的弹簧销子掉了，由于风吹线摆，线夹球头一半已经跳到单联碗头的边缘处，导线随时可能掉落。情况危急，他迅速向上级汇报，当时的工区过主任亲自带队来到现场，端着望远镜从各个方向观测，都没有发现异常，但当检修人员登塔近距离观测时，才大吃一惊。紧急处理后，过主任握着周红亮的手由衷地感慨：难怪大家伙都服你……真是"火眼金睛"啊！

上官绘声绘色地当着本人的面说故事，周红亮不好意思，脸红得像一块布,几次三番打断上官的讲述。我问他,"你巡线这么多年了,总共发现了多少隐患,有没有统计?"

周红亮摇头,记不住,资料档案里可能有,谁记哪呀,太多了。

但,周红亮始终记得一次情形:他和师傅孙安兴一起巡线,老孙都走过去了,周红亮却停下来,他发现有一基耐张杆的耐张线夹前端第二个线卡的地方有条竖纹,起初以为是太阳光线折射的阴影,从不同位置用望远镜反复观测,才确认是一个裂纹。老孙返回来也发现了,有点后怕,把周红亮肩头一拍,你小子行呀,比你师傅都厉害。事后,工区给他奖励了200元钱,实实在在的奖励面前,周红亮真是高兴呀!他给我解释,要知道当时一碗面才2块钱,200块钱,那是我两个月的伙食费呀!

回到宝鸡,采访留守的另一个副班长罗宝强。说到周红亮的"火眼金睛",他说真的神奇呀,有好几次,都是别人巡过的线路,发现不了故障点。周红亮从那儿一走,问题一下子就被发现了。他打开电脑里的档案给我看:这是比较典型的几次——

2010年4月21日,马仓线,5#地线跑线对导线距离过近引发放电事故。

2012年2月24日,硖黄Ⅱ线,179#由于春节期间放炮,鸟受惊飞到塔上引发鸟害事故。

2015年7月12日,谭向TⅡ线,68#甘肃两当县果老洞山顶雷害事故。

……

再往前走,我把那把砍刀拿过来,一边走一边琢磨。砍刀是月牙刀,一个巴掌长,三个指头宽,刀口精钢打造,刀背圆浑厚实,如果不是一米多长的刀把,整体形似农村常见的那种镰刀。我起初是瞧不上这玩意的,这不是割草用的吗?上山就拿它!不想就这东西,一拿到周红亮的手里,威力迥然不同:小的树障一刀解决;大一点的,也就三四刀。我是一棵树就砍了十几刀,累出一身汗,还没有放倒。

我问周红亮,你这砍树的功夫真是一流的,童子功吧,参加工作以前,在老家是不是整天就砍柴。周红亮说:"还真不是这样,我的老家凤翔不是山区,土地肥沃,整天地里的农活都忙不完,哪有闲工夫砍柴;把地畔的柴草收拾收拾,都够一年烧了。"

上官介绍,这刀是我们班长改进的。

我不明白,这砍刀属于劳动工具,应该由单位统一购置吧。周红亮解释:"说起来话就长了,最早的时候,这砍刀都是单位统一配置的,但用起来不是很顺手。我和几个师傅在城南老铁匠铺子选了这一家的手艺,自己画图,多次改进,最终成了这个样子。单位也考虑到巡线工作的实际情况,允许我们自己选择砍刀。"

上官说:"其实不光是刀具,就连我们的工具包,也是班长设计的样式,我们自己选定的厂家制作的。"

上官的背包较轻,我接过来背了一段,还真是舒服。上官说:"那可不,从最早的斜跨工具包开始,这款背包已经是第五代了,班长手上就改进过三次。"我说:"看不出来呀,红亮你还是一个设计师。"周红亮笑:"这有什么设计的,我们在山上一走一天,这背包一背一天,哪儿不舒服肯定自己最清楚,把它往舒服了改嘛。"上官抢着说:"也不尽然,大家都上山都背背包,怎么就你能发现问题,改进问题,说明我们班长善于思考,善于琢磨。噢,对了,班长还有一个官衔,'周红亮创新工作室组长'。"

周红亮说:"哪叫官衔,就是一个工作岗位,公司这些年重视创新,把单位里面的技术专家、能手都集合在一起,相关专业的组成一个创新工作室,咱们这个输电运维创新工作室,成立起来也就4年多时间,还没有做出什么成绩呢。上官不同意,这你也太谦虚了吧,不说别的,光那些创新成果,就有十几项呢,有四五项都获得了国家专利。"周红亮说："这里边不只是我一个人的功劳，遇到问题了，大家凑在一块儿琢磨，你一榔头，他一斧子，俗话说得好：三个臭皮匠，赛过一个诸葛亮。"

第二天，我们回到宝鸡，见到董小刚和谷涛，他们却异口同声，高度评价周红亮在创新工作中所发挥的作用。谷涛敦实憨厚，戴一副黑框眼镜，笑起来很可爱。现在虽然在做行政管理工作，但作为以前运维部的"秀才"，他写过好几篇周红亮的宣传稿。他和热情好客的董小刚把我引到"周红亮创新工作室"里，从N合一的带电处理工具到能防蛇的输电线路金具，从防冰闪的复合绝缘子串到线路引流小弧垂测量仪，一件一件给我演示，啧啧称赞："什么叫工匠？周红亮就叫工匠！什么是'工匠精神'？周红亮的精神就是'工匠精神'同样干工作，红亮就是爱琢磨，爱动脑子，心无旁骛，精益求精……"

"工匠精神"是一种职业精神，它是职业道德、职业能力、职业品质的体现，是从业者的一种职业价值取向和行为表现。"工匠精神"的基本内涵包括敬业、精益、专注、创新等方面的内容。工匠们喜欢不断雕琢自己的产品，不断改善自己的工艺，享受着产品在双手中完善的过程。工匠们对细节有很高要求，追求完美和极致，对精品有着执着的坚持。

2016年的政府工作报告中，李克强总理指出："要鼓励企业开展个性化定制、柔性化生产，培育精益求精的工匠精神。""工匠精神"的首倡者，著名企业家、教育家聂圣哲曾呼吁："中国制造"是世界给予中国的最好礼物，要珍惜这个"练兵"的机会，决不能轻易丢失。"中国制造"熟能生巧了，就可以过渡到"中国精造"。"中国精造"稳定了，不怕没有"中国创造"。千万不要让"中国制造"还没有成熟就夭折了，路要一步一步走，人动化（手艺活）是自动化的基础与前提。要有工匠精神，从"匠心"到"匠魂"。这种呼吁很及时，很必要，去浮躁、讲精准，对严谨态度的认可和企盼是我们这个时代的当务之急。可以说，"工匠精神"是社会文明进步的重要尺度，是"中国制造"前行的精神源泉，是企业竞争发展的品牌资本，是员工个人成长的道德指引。而对于宝鸡电网人来说，"工匠精神"就是追求卓越的创造精神、精益求精的品质精神、客户至上的服务精神。

毋庸讳言，周红亮身上所体现出来的，就是这种弥足珍贵的精神修养，它不是呼唤来的，也不是捡拾来的，而是在岁月流年风风雨雨如切如磋、如琢如磨来的，是一种又红又亮，闪闪发光的人生底色。

第九章　刻你的名字在不凋的生命树上

刻你的名字／刻你的名字在树上／刻你的名字在不凋的生命树上／当这植物长成了参天的古木时／呵呵，多好，多好／你的名字也大起来／大起来了，你的名字／亮起来了，你的名字／于是，轻轻轻轻轻轻轻地呼唤你的名字。

——纪弦《你的名字》

前面是山，前面是路，前面又是茂密的丛林灌木，上官抢过砍刀在前开路，埋着头卖力清除树障，忽然大叫一声：蛇！我和周红亮一个激灵，围过去细看，就看见距离不足两米的一棵树上，挂着一条通体透明、手腕粗细的蛇皮，皮膜的背面是一块块菱形花纹，腹面有一排排横长的纹理，原来是去年冬天蛇冬眠前整体褪下来的蛇蜕。虚惊过后，周红亮笑，我就说嘛，这么冷的天，还不到蛇出来的时候呀！

上官回过神来，夸张地喘气，"哎哟哟，吓我一跳。"周红亮说，"看蛇皮这样子，是秦岭北麓最多的乌梢蛇，没有毒，被它咬了，也就是疼一下。"上官大叫，"你说得轻松，好像你被它咬过似的。"周红亮笑，"我还真被它咬过。"上官再问，"有多疼？"周红亮想一想，"忘了，十几年前的事了。"

周红亮手脚麻利，三下五除二把这些树障清除掉，边走边用砍刀来回拍打两边的草丛，给上官演示：现在不要紧，尤其夏天和秋天进山，草多的地方一定要这样走，即便有蛇，感觉到动静，也会自动回避的。上官亦步亦趋跟在后面说，我最怕蛇了，想起来浑身都起鸡皮疙瘩。周红亮说不要紧，一般来讲，蛇要是感觉不到危险，也不会主动攻击人的。

野外巡线，除了蛇，还要提防蜂、野猪，甚至狗熊。这些攻击性极强的动物，周红亮都遇过，不止一次。

秦岭山中的蜂很有名，蜇死过人，上过报纸和电视。周红亮他们常见的，是一种俗称"裤裆蜂"的蜂，体态小，蜂巢就在草丛里，一脚踢上了，一哄而起，专蜇腿，顺着腿进裤裆。常进山的人都要打绑腿，就是防这种蜂。还有一种蜂更厉害，"人头蜂"，主要攻击头颈部，杀伤力更大。这些蜂，防不胜防，周红亮和同事们常常被蜂蜇得鼻青脸肿，只能自认倒霉，尽可能提醒自己小心注意。

2013 年，春季多雨，到了夏天，地气蒸热，蜂特别多，几乎每天出去，都有人"中彩"（他们对被蜂蜇的笑称）。周红亮就留了一份心，进到山里，遇到养蜂人，跟人家聊天，看人家怎么操作，怎么防护。下班找到户外用品店，买了几顶户外帽子，回家开始琢磨，时间不长，就研发出了一款"防蜂帽"。看起来只是个普通的带檐软帽，一旦遇见野蜂，可以在很短的时间里放下丝网，护住头颈部裸露在外

老虎崖、老虎咀巡线

的皮肤。"防蜂帽"研发成功，受到了同事的一致赞誉。周红亮再接再厉，又推出一个小创新："巡线专用护腿"，卡子一锁，鞋和裤子严丝合缝，既能防蛇，又能防"裤裆蜂"。这些安全实用的装备让大家如虎添翼，再不用在山里如履薄冰，"步步惊心"了。

彪悍凶猛的野猪遇见过三次。最害怕的一次，是遇到过一群，八头。不过，最惊心动魄的还是 2007 年 9 月份，遇见过一次狗熊。那是 330 千伏马汉线检修期间，地点在凤县三岔镇三官殿村烂甸子附近，周红亮跟着师傅孙安兴，还有另一个姓马的老师傅。三人刚爬上一个山头，从树丛里都看见 265 号杆塔了，走在前面的孙师傅忽然一个蹲伏，同时把手放在身后紧张地摇摆。周红亮往前细一看，几乎失声叫出来，大约三四十米开外，一头黑乎乎的狗熊，正靠在杆塔的一根基础上"蹭痒痒"，看起来很放松，很舒适。可把他们三人吓得够呛，蹲在地上大气也不敢喘，总共有半个多小时吧，当时感觉时间过得好慢好慢。狗熊舒服完了，扭着屁股走了。他们三个人想站起来，才发现身子已经疲软得不听使唤，腿都不是自己的了。

时过正午，我们到了此行最艰险的一段——老虎咀，它是一处 4 米多高的绝壁，仅靠一条钢索连通上下，边上就是一道深沟，沟里茂密的原始林区，深不见底。我和上官上下看看，脸都变了色，这比华山的路都险，怎么走？

周红亮不吭声，卸下行李轻装上阵，一手抓住钢索，一手攀住凸出的岩石，像壁虎一样扒在山崖上，一点一点往上爬。我和上官看出一身冷汗。他爬上去之后，扔下安全绳，先把行李拉上去，再放下绳，分别把我俩拉上去。我到中途，忍不住往下一看，不由得心中一慌手脚发酸，再也没有了一点力气，亏了周红亮力气大，三两下把我提溜上去。我瘫在地上缓了半天，心跳才恢复正常速率，"哎哟喂红亮，这哪是老虎咀，改叫'鬼门关'得了。"

周红亮笑，你不是说，你在西安是个驴友，秦岭山里的七十二峪都爬过一半了嘛？我说，那可不一样，驴友走的线路，再怎么说，它还有条路哇，你这……也叫路吗？周红亮想一想，咧嘴一笑："鲁迅先生说了，世上本没有路，走的人多了，也就有了路！"提起读书学问，上官来了精神，说："拉倒吧班长，你这是典型的道听途说、断章取义。鲁迅先生这句话的本意，是对当时中国何去何从的迷茫，以及对黑暗现实发出的质问。"周红亮说："咱们是电力线路工人，实实在在地干，简简单单的活，有啥迷茫？你抬头看，输电线路指向那里，就是咱们要走的路，就是咱们前进的方向。"

　　我琢磨一会儿，夸他："看不出来呀红亮，你这两句话说的，还真有水平。"

　　红亮又是嘿嘿一笑。

　　片刻的休息过后，我们站起来准备出发。周红亮回身看看走过的路线，忽然拿刀一指，不行，那几棵树也要砍。我和上官也回身看，老虎咀地势高，走过的线路一览无余，就发现距离老虎咀最近的两基杆塔之间，有三四棵树，树枝从下面看离线挺远，从这儿看离线也就两米左右的距离。我不以为然："不用了吧，这条线路两个月巡一次，下一次再处理不行吗？何况离线还那么远，两个月长两米，哪有这么快的速度？"周红亮摇头，"像这种情况，就是安全隐患，一来树木生长速度不可控；二来呢，一遇到风雨天，树梢子一摆，碰到电线上，就是一次安全事故。咱们既然发现了，千万不能往后拖，一定要马上把它处理掉。"上官看着周红亮提起砍刀，就整理行装也准备跟着下。周红亮回头说："你俩在这等着，多歇一会儿，我一个人就处理了"。

　　我们俩看着周红亮抓住钢索，一步一步挪下了老虎咀，消失在树丛里，时间不长，就见那几棵树树枝剧烈地摇晃，先后倒下。我抬头看天，几根银线划破碧蓝的天空，从远远的山中牵来，又引向更加遥远的山后。

周红亮再回到老虎咀上，脸色潮红，气喘吁吁，看起来很疲惫的样子。上官说："班长，都说你是个铁人，看来铁人也有累的时候呀。"周红亮说："不是累，我可能又被漆树'咬'了。"

说到漆树，可谓是周红亮的"天敌"，年轻力壮的他唯一一次住院，就是因为砍树时不小心沾上了漆树的汁液。其实，周红亮最早开始巡线时，就发现有时从山上回来，手上脸上等裸露在外的部分会发烫发痒。师傅老孙看到这些症状，摇头叹气，"这么能吃苦的一个孩子，咋是个娇气的'过敏'身子。"那时周红亮对过敏一词还一无所知，不知道是怎么一回事。孙师傅解释，"线路工人辛苦倒不怕，怕的是过敏体质，这种体质的人最怕漆树，碰一下就会长疱疹，要是不小心沾了漆树的汁液，那是剧毒，会要命的；而咱们在山中一天要砍多少树，这些树中难保没有漆树。"

初生牛犊不怕虎。周红亮不以为意，还给老孙宽心，说："师傅，没有这么厉害吧，我就感觉有点发痒，不要紧的。"老孙却是留了心，下一次进山，专门找到一棵漆树，让周红亮仔细记住了特征，交代说，以后注意，遇见这种树躲远点。如果要砍，也最好让同行的其他人来砍。周红亮不明白，那其他人不是中毒了吗？老孙说："傻孩子，过敏不是每个人都有的，即便有，也有区别，有的人严重，有的人就不要紧。"周红亮记住了，却是做不到，有时候砍到兴起，一刀下去也就砍了，回来不舒服，就买一些抗过敏的药吃。

自那次中毒住院以后，周红亮彻底领教了漆树的厉害，以后上山才有点收手，惹不起，躲得起。一般遇上了，让同组的其他人上；有时实在躲不开，穿好防护衣，戴上面罩，把全身武装好，尽量避免漆树的汁液沾到身上。

上官也知晓班长的这个"死穴"，赶紧从行李包中翻出过敏药，看着周红亮吃下，问："碰见漆树了怎么不叫我？"周红亮也有点后怕,说:"砍的时候没细看,几刀下去才发现其中有棵漆树,心一横也就砍了,砍完扭身就跑。"

周红亮住院那一年,是他参加工作的第 13 个年头,当班长的第二年,也就是 2008 年。五月初的一天,从山里出来,大家聚在一起吃晚饭的时候,周红亮就感觉浑身不对,以前也就是局部发痒,这一次全身难受。大家都看出来了,建议到医院看看,周红亮想着饭后多吃点药,抗一抗就过去了,没有当回事,不想往床上一躺,夜色越深,四周越安静,身上越难受,感觉全身的皮肤都在发胀,像裹了一层盔甲,且越来越厚越来越紧,连呼吸都不顺畅了,最后竟然昏迷过去。亏了同住一室的罗宝强半夜撒尿,一开灯发现不对,赶紧叫醒其他人,把周红亮送到最近的凤州镇医院。镇医院一看症状,吓得不敢接,连夜送到凤县医院,县医院也不敢接,又往市医院送。折腾了一夜,天麻麻亮时分,才送到宝鸡市医院,大夫一看,直接拉进抢救室,又是上呼吸机又是导尿,几个小时后送到重症监护室,第三天才转到普通病房,一直住了 11 天才出院。

周红亮在医院前三天基本是迷糊的,眼睛肿得睁不开,神志恍惚,最难受的时候,尿不出来,疼得在床上来回翻滚,把胳膊肘都磨破了。大夫告诉他,严重漆中毒,导致肾积水出血,要是再拖个一半天的,你这条小命可能就报销了。

住院第十天,就是 5 月 12 日,中午时分,周红亮还在午睡,忽然从剧烈的摇晃中醒来,睁眼一看,大家都在喊地震了地震了。还好医院组织有序,很快地,把所有的病人都转移到楼下空旷处。时间不长,消息传来,四川汶川发生了特大地震。当天晚上,班上的几个同事来看他,说起地震带来的种种破坏,公司负责供电的宝成铁路已经停运了,因为秦岭山中的隧道塌方,路基损坏。一想到他们班上维管的四条 110 千伏线路全部在地震区域,如果不及时巡查排除故障,一旦因为地震损毁线路基础,造成倒塔断线,这事可就大了。

周红亮再也躺不住了,坚决要出院,妻子王晓莹劝不住他,请来了部门主任和师傅老孙也不行,于是给医院写了一个证明,证明是病人自己要求出院,再有其他问题与医院无关。第二天,周红亮就带了八个队员往山里赶。当时余震不断,别人都是从山里往外跑,他们倒好,跟别人反着来,一路总有好心人拦住劝,现在可不敢进山,满山的石头乱跑。

安全第一,周红亮也不敢大意,一路尽量拣空旷处走,还好一路无事。当晚赶到红花铺镇,没想到常住的那家旅馆关了门。老板给他解释,不是我不让你们住,而是这楼房实在不敢住,我和家里人都在外面睡帐篷。找了几家旅馆都是如此,没办法,几个人就在镇上中学的操场上和衣而卧。刚躺下,妻子王晓莹打来电话,哭着说电视上预报夜里还有一次大的余震,宝鸡市也要求群众紧急避险,在外睡防震棚,可是家里一没人手二没帐篷,现在带着孩子正蹲在街边上哭呢。一听到这消息,队员们都慌了,纷纷掏出手机给家里打电话。手机信号还不稳定,时有时无的。周红亮让王晓莹赶紧找岳父岳母想办法,挂了电话又打给留守的副班长令云,让他出面组织班里剩余的人员,把所有的家属都要安置妥当。

时间不长,部门主任亲自把电话打过来,让周红亮转告大家,运维部已经组织人力,把在外人员的家属全部都安置好了,请大家安心工作。抱着电话,周红亮有点激动,翻来覆去就是一句话,谢谢组织,谢谢领导。电话那头的部门主任沉默了一会儿,说:"红亮呀,不要谢我,这么危险的情况下,你们舍小家为大家,我应该谢谢你们,我代表部门谢谢你们;等你们安全回来了,我要给你们请功!注意,一定要安全回来,一个人也不许受伤!"

放下电话,周红亮看看四周焦急的眼神,安慰大家:"这个时候,不能和家人在一起,心情都很理解;但这个时候,正是线路上离不开我们的时候,我们还是要克服困难,安心工作,同时也请大家放心,家里的事都安置好了。"

连续查了三天,处理了五六十起小故障,还好铁塔当时的选址都比较科学,基础牢靠,没有发生大的问题。第四天,就剩下十几座基杆塔,其余人先回,就留了周红亮、田力军和张颖超三个人,不想就是这一天,狭路相逢,遇到了庞然大物野猪。

当时是在一个半山坡上,张颖超最先发现脚下一堆一堆的小土圈,好奇地问起来。周红亮也奇怪,老田脸色却变了,说小心,这好像是野猪拱出来的。快走到铁塔下的时候,听到身后有动静,张颖超一扭头,失声喊出来,周红亮和老田回头看,刚走过的山坡上有一群野猪,大大小小一共8头,正向他们快速地追来。看距离,也就是二三百米。

三个人吓得腿都软了。还好老田见多识广,大喊上塔、快上塔。周红亮先把老田和小张推上去,最后一个往上爬,也顾不上行李了,等他手忙脚乱爬到第二层铁塔上,野猪们已经围拢过来,就在他脚底下呼哧呼哧地喘气。周红亮不敢懈怠,再往上爬一层,抱紧了往下看,就看见几个野猪已经把行李包撕得七零八落,三口两口把其中的干粮吃掉,又围到铁塔底下哼哼地盯住他们看。小张都带出了哭音,妈呀不得了!这可咋办?周红亮一时也没有了主意,两人都看年龄最大的老田。老田的行李还在,这会从包里抽出一个扳手,在铁塔上"咣"地砸一下,嘴里说"不怕"。老田的本意是为了壮胆,不想野猪们听见这金属撞击声,都有点发愣,有的还往后退两步。三人受到启发,于是一人手里操一件家伙,"咣咣咣"敲击铁塔,同时嘴里大喊大叫。野猪们集体后退几步,又和他们对峙了十多分钟,才慢慢悠悠地离开了。

怎么会有这么多的野猪?我问。

可能是地震以后,野猪受到惊吓,找了几天也找不到吃的,饿红了眼,仗着它们"人多势众",就冲着我们来了。上官纠正,是"猪多势众"。周红亮笑,这也是后来我们分析的。

不知道过了多久,直等到野猪看不见了,三人才战战兢兢地下塔。小张问野猪吃人吗?周红亮也不知道。老田是个百事通,说:"咋不吃人,前些年,重庆就发生过野猪吃人的惨剧嘛,伤了好几个人呢!"三人惊魂未定,东张西望左顾右盼地把线路巡完,从沟里走出来已经七点多。天也黑了,肚子饿得咕咕叫,寻到最近的一个村庄,没有旅社没有饭馆,好不容易找到一户人家肯收留他们,等到狼吞虎咽地填饱肚子,都晚上十点多了。躺在主人家的土炕上,小张感慨一声,咱们这个工作太苦啦!老田沉默半晌,慢慢悠悠念出三句话:"远看是个逃难的,近看是个要饭的,一问是个巡线的。"

"生活不是过去的好,而是记住的好。"这是作家马尔克斯沧桑的人生感慨。周红亮记住了那一年。那一年,周红亮任班长的秦岭输电运维班先后荣获了国网宝鸡供电公司和陕西省电力公司的抗震救灾先进集体;那一年,陕西省电力公司年初派优秀员工奔赴江西支援抗冰抢险,五月中旬派员工赴四川支援灾后重建,获得了陕西省委省政府、国家电网公司的高度肯定。那一年,春华秋实,硕果累累,一个个来之不易的荣誉里面都浸透着国网宝鸡供电公司优秀员工沉甸甸的心血和汗水。

第十章　所有的泪水也都已启程

所有的结局都已写好／所有的泪水也都已启程／却忽然忘了是怎么样的一个开始／在那个古老的不再回来的夏日／无论我如何的去追索／年轻的你只如云影掠过／而你微笑的面容极浅极淡／逐渐隐没在日落后的群岚／遂翻开那发黄的扉页／命运将它装订得极为拙劣／含着泪／我一读再读／却不得不承认／青春是一本太仓促的书。

——席慕蓉《青春》

每到一基杆塔前，清理完四周的树障，检查完绝缘子、螺丝和接地装置，周红亮再系上安全带登上杆塔检查避雷器读数。看他爬上爬下的，上官不忍心，抢着往上爬，一个不留神，脚下一滑，幸亏爬得不高,周红亮在下面手疾眼快,一把托住了,放到地上,检查了一番,还好没有受伤。周红亮教他,上铁塔和上水泥杆不一样,水泥杆是圆的,铁塔都是角铁,要记住爬铁塔的口诀"手抓牢,脚踩稳,三个支点要把准,上下左右看一看,安全带再紧一紧"。我有点不理解,为什么不在铁塔上焊些扶梯,那样上下起来,不就方便多了?周红亮说,那可不行,铁塔在野外,来来往往的人多了,要是好爬,那谁都能爬上去。所以,宁可咱们自己不方便,也要保证老百姓的安全。

忙忙碌碌的工作中时间过得很快,不知不觉地太阳就西沉了,在远山上燃烧起一片绚烂,蔚为大观。山里面黑得早,等我们出山的时候,夜色已阑珊,到了晚上7点多。同一辆车的另一组队员早已望眼欲穿,一见我们出来,喊着赶紧上车上车,我们肚子都打起鼓来了。坐到车上,周红亮要过一遍上官一路做的记录,在摇摇晃晃的车上查看校对。

2017 年 3 月 3 日巡视情况记录

一、基本情况

巡视线路区段:1143 三向 TI 线 32-48#;约 9.7 公里。

巡视人:周红亮、上官原野。

地点:凤县三岔镇心红铺村到凤县凤州镇烧锅村。

二、发现缺陷:

1、32# 负测左相 15 米处导线断股两股。处理意见:安排线路停电时修补。

2、34-35# 线下杂树十余棵,垂距 2.5 米。已砍伐。

3、39# 左相避雷器高压侧连线断开。已重新连接。

4、41-42# 距 41#20 米线下杂树 30 余棵,垂距 2.3 米。已砍伐。

5、43# 塔体三段处丢失脚钉 3 个。已补加。

6、44-45# 距 45#30 米线下杂树 20 余棵,垂距 2.6 米。已砍伐。

青年工人一起巡线

7、47#D 腿接地被盗。处理意见：需要重新埋设。

三、发现问题：

1、33# 塔体 BC 腿被埋高 0.6 米，土方 3 立方米，建议清理。

2、35—36# 区段漆树较多，注意防护。

3、41#3 根塔材被山上拱石砸变形，需更换。

4、46—47# 巡视道路割草修路 2.6 公里。已维修。

5、48# 正侧 15 米处，排水造成基础被水冲刷，建议修排水沟。

　　浓眉大眼的任小兵是周红亮所在班的前任班长,现在是另一个班的班长。令云是一个复转军人,2006 年到这个班,和周红亮相处十余年。任小兵和令云两人都挑大拇指,交口称赞 :别看红亮比我俩小几岁,但这兄弟真让人佩服。秦岭输电运维班现在维管两省(陕西、甘肃)三县(陕西的凤县、甘肃的两当县和徽县)19 条 35-110 千伏线路,其中 110 千伏线路 10 条,35 千伏线路 9 条,共计 515 公里。班里就 14 个人。跟红亮一起共事这么些年,就我们所见到的,班里最重、最累的活,最险要、最难走的路,肯定是他的。比如,凤县境内的向曙线,从凤州到唐藏那一段,几乎是无人区,79 基杆塔,40 多里路,一旦进去就只能往前走,中间没有出山的路,走一趟短则七八个小时,长了就说不来了。他走的最多。还有,周红亮是过敏体质,他被漆树"咬"的事,你听说过吗?

　　我点头。

　　任小兵叹口气。令云摇头感慨 :也真难为他了。漆树"咬"他已经成了常态。秦岭山中的漆树很多,小树又不好分辨,防不胜防,几乎每次巡线,周红亮都要被"咬",白天在山里干一天活,晚上回来打针吃药。等活干完了,人回来了,看起来挺好,但吃了多少药、打了多少针谁知道?他不说,也不让我们说。不行!你得好好宣传宣传,红亮现在当了全国劳模、国网工匠,有人光看见他披红戴花了,就不想想他这荣誉咋来的?说句难听话,那真是拿命换来的。

　　我记得,红亮妻子王晓莹在我面前唯一一次落泪,也是说到周红亮漆树中毒的事 :别看这么多荣誉,我真不稀罕。我宁愿他就是个普通老百姓,我只要一个健健康康的老公,能给孩子开家长会,能陪我逛街,能和全家人一起过个年……

　　漆树,漆树,让人望而生畏的漆树!我长吁一声,合上笔记本。

　　周红亮已经依在沙发的另一端睡着了,一双粗糙的大手交叠放在胸前,脸侧向一边,轻微地打着鼾。

周红亮的身上有太多光环,但却并不刺眼,每一个和他交往过的人,都会不自觉地喜欢上这个朴实的西府汉子。那么,为什么周红亮能保持初心?在同事眼里,周红亮又是一个什么样的形象呢?不如让我们问问周红亮的同事,从他们的眼里,拼凑出一个鲜活的周红亮。

在54岁的雷维斌眼里,周红亮似乎还是当年那个腼腆的小伙子。1982年参加工作的雷维斌,2008年之前一直在秦岭融冰变电站工作,他和周红亮的初见,是20世纪90年代。"那会儿他刚参加工作,第一天下班组就和我走进了一个战壕,一个班组。"雷维斌眯起眼睛,仔细回忆着当年初见周红亮时的情景。20多年前,雷维斌对周红亮的印象其实并不深,只记得周红亮个子高高的,脸挺方正,还挺大,看起来是个敦实的小伙子。初见时周红亮就憨憨笑着站在一边,也不太说话,但是手底下的活儿却总是利落地干着。

当雷维斌认真审视周红亮时,时间已经来到2000年。周红亮已历练了一身本领,已经是线路上的一把好手。2008年,秦岭运维班在凤县辖区有一座保线站,需要一名同志作为站长,去站上驻扎。这座保线站位于凤县龙口镇,虽然从距离上看,离宝鸡市区只有80多公里的距离,却地处深山之中,且管辖范围极大,站上同志巡查线路时,甚至要走到甘肃省两当县和徽县一带。这一带是著名的老区,是习仲勋等老一辈革命家创建的红色根据地。山高,路远,坑深。如果去那里工作,没个几年根本回不来。远离家庭不说,条件还很艰苦,工资也不见得很高。所以,当组织征求大家意见,希望找到合适的站长人选时,所有人都沉默了,迟迟没有人说话。

"我报名,我去驻站!"当周红亮站出来,说出这句话的时候,雷维斌仔细打量了一遍周红亮:依然留着短短的寸头,依然是那张方方正正的脸庞,依然是平静的语气,但是周红亮的眼里,却好像蕴含着一片深蓝,像是平静幽深的湖水,但雷维斌却笃定地认为,那片深蓝应该是跃动着的火焰。

于是,不到 30 岁的周红亮背着行囊,在大家或不解、或敬佩的目光下,前往凤县的保线站,成为一名年轻的站长。"仔细想想,正是有了当时艰难的起点,周红亮才会有今天的成就。"雷维斌从回忆中醒过来,猛地将手掌按在桌上,肯定地说。

在这之后,因为工作地点的拉近,平时工作中也有所交集,雷维斌和周红亮逐渐熟悉起来。在这个过程中,雷维斌对周红亮的印象越来越深,也越来越觉得,这个吃苦能干的小伙子不简单。

保线站是个特殊的地方,它既是输电运维室下的一个普通班组,又因为地理位置的特殊性,游离在输电运维室之外。我们常说"山高皇帝远",但"高"和"远"也往往意味着没有依靠,没有后援。保线站一共有 8 名员工,除了正常工作以外,站长必须操心更多更复杂的事情。毕竟这不比在局里工作,在局里,只需要按时上下班,下班之后就可以彻底放松,不用操心其他事情。但在保线站工作,一天 24 小时,一刻都不能松懈。对外,要确保巡线保电工作万无一失,要处理好与兄弟单位以及外单位的关系,要树立宝鸡供电人的形象,要保证保线站的工作和全局的工作融为一体,互相补充。对内,还要操心员工的吃喝拉撒甚至婚丧嫁娶,要处理好内部关系,做到不偏不倚,展现出管理水平。按雷维斌的话说,"不下一身功夫,不流几身汗,咋可能把活干好?"在雷维斌看来,周红亮这么年轻就当上站长,肯定要吃点儿苦头,出点儿笑话的。

但,周红亮并没有让别人看笑话。

"别看小伙子说话慢条斯理的,看起来腼腼腆腆的,干起工作来雷厉风行,还真不含糊。"雷维斌说。担任保线站站长的那几年里,急活重活周红亮都冲锋在前。最远的路,他去;最高的塔,他爬;最晚的任务,他出。周红亮用自己高超的技术和敬业的态度,折服了保线站的其他职工。而且,周红亮并不是只会埋头苦干,闲暇之余,他还经常拉着同事出去喝点儿小酒,谈天谈地谈生活,潜移默化之间,轻声细语之时将许多可能影响正常工作的内外矛盾化解于无形之中。雷维斌说到这里,情不自禁竖起了大拇指。经过保线站的锻炼,雷维斌已经确定,周红亮这个小伙子,前途不可限量。

2008 年,雷维斌从融冰站站长的位置上退了下来,转回城市里工作。而此时,周红亮已经成为秦岭输电运维班的班长,融冰站的管理工作也交给周红亮负责。那段时间,周红亮经常跑到雷维斌跟前虚心请教关于融冰站的一切知识。"变电和巡线完全是两回事,需要掌握的知识也有很多,但是周红亮硬是在短时间里把它啃下来了。"雷维斌说。自从周红亮接管了融冰站后,他很快就上手了,历经几次冰灾雪灾,融冰站都出色完成了融冰保电的任务,保证了宝成铁路的安全通畅和秦岭沿线群众的生产生活用电,这很不容易……

在 46 岁的任小兵看来,周红亮的成功是必然的,是一种天道。任小兵是保电战线上的一名老兵,1989 年参加工作的他,在 2006 年 4 月和周红亮走进一个战壕。

2006 年 4 月,为了参加国家电网公司西北五省劳动竞赛,任小兵、周红亮等一干精兵强将被抽调进 330 千伏第二保线站。这个保线站日常负责巡视和维护宝鸡市区以南,甘肃、宝鸡、汉中交界处以北的线路安全,辖区内共有马汉线、马汤线、马段线和雍马线四条 330 千伏线路,总长度约 200 公里,山高且深、路远且险,在这条巡山路上,任小兵和周红亮有过许多难忘的故事。"红亮平时负责巡视档案沟和周围几个地段,别看沟里只有两基铁塔,但是沟里特深,从进去到出来要走七个小时。"任小兵说,夏天,周红亮巡完线出来,全身都湿透了,工装脱下来后用手一拧就是一摊水,冬天巡完山出来,衣服甚至会被冻断。这都不算啥,遇到猛兽毒蛇,也是常事。但是周红亮却总是笑嘻嘻的，好像不知道什么是艰苦。讲着讲着，任小兵的思绪不由地回到 10 年前的那个初冬。

2007 年 11 月的一天早上，任小兵、周红亮和同事孙炜从凤县河口方向出发，穿过 212 省道，向着秦岭深山走去。那天，他们要对 35 千伏的向曙线进行例行周期性巡视。他们每人手里提一把开路用的砍刀，背了壶水，带个烧饼，这是他们巡山的经典装备，不到早上 9 点，三人就进山了。

进山后，周红亮一直走在最前。巡查中如果遇到比较深的沟，周红亮总是说，没必要三个人都去，你们俩在外面休息一下，我进去看看就行。中午吃饭时，周红亮看到任小兵和孙炜几口就将烧饼吃完，怕他们不够，便将手中的烧饼掰下一半递给二人，面对两人疑惑的目光，周红亮笑笑说，自己早晨吃得多，这会儿不太饿。说着，他不停示意两人赶快吃，吃完还有活儿干。

当天，他们需要从 52 号杆一路巡查到 1 号杆，总长度在 10 公里多，沿途要翻越十来个山头，而且全程都是无人区，时间紧，任务重。到了下午 3 点，任小兵只觉饥肠辘辘，双腿发软，可是那会儿三个人的烧饼早已吃完，连水也喝光了。周红亮虽然一直坚持走在最前，但也已经筋疲力尽。正在此时，前方背阴处的山下，有一片尚未融化的积雪，三人走上前去，一人捧起一把雪囫囵吞下，才觉得嗓子不再干渴，饥饿感也得到了一定的缓解。周红亮笑着对他们说："这雪真香。"几个人纷纷笑了出来，互相打着气，向着深山继续进发。"等我们巡完线出来时，已经是晚上 7 点多，整整走了十个小时。"任小兵说。

当时，他们的工作不只是巡线，为了参加劳动竞赛，他们白天巡线，晚上还要加班完善各项规章制度和相关资料，并学习和练习新技术。在参加比赛前的一年多时间里，他们几乎每天晚上都要加班到十一二点，最晚一次甚至是凌晨 3 点才下班。周红亮当时负责检查巡视缺陷记录，他从未提前离开过，也从没请过假。因为白天太累，晚上加班时，周红亮有时坐着坐着就睡着了，看得大家都很心疼，但周红亮睡上五六分钟，就会自动醒来，继续投入工作，而且从来没发过一句牢骚。"红亮性子慢，工作却十分扎实，他做过的工作，我们根本不用检查，一点儿问题都不会出。"任小兵说。在周红亮带动下，整个班组的准备工作突飞猛进，技术也得到很大提高，在 2007 年 6 月举行的竞赛中，他们的班组一举获得第一名。

后来，周红亮当上班长，不但要保证日常的巡线工作，还要操心秦岭融冰站的值守和管理。融冰站地处深山，职责重大，每年 10 月中旬到来年 3 月下旬，都得安排人在站里值守。融冰站附近水质不太好，每次进山，都要带好半个月的菜和水，站上没有网，没有手机信号，只有一台老旧的电视，靠着房顶上架着的卫星锅，才能勉强收到几个台，这也是在站上值班时唯一的娱乐活动。冬天风大，常常将卫星锅吹偏，每当这时，值守人员就得爬到房顶，一点一点调整。因为日子实在太苦，所以大家都不愿意去融冰站值班。

每当这时，周红亮便第一个站出来，身先士卒赶赴站里值班。任小兵说，尤其是每年的大年三十和初一、初二，周红亮都是在融冰站度过的。有一次，周红亮的爱人实在忍受不了，就问周红亮，每年过年你都不在家，家都不完整，怎么过年？今年春节，你能不能和家里人一起过？周红亮点点头，说，"行啊，"然后带着爱人和孩子来到融冰站，一家人在大山深处的站里过了个年。

讲到这里，任小兵不禁笑了起来。笑了几声后，任小兵慢慢收起笑容，庄重地说："这样的周红亮，怎能不叫人敬佩？"

"不是逢人苦誉君，亦狂亦侠亦温文。照人胆似秦时月，送我情如岭上云。"这首诗是清代大诗人龚自珍 (1792-1841)《己亥杂诗》的第 28 首，是他赞美好朋友黄蓉石人格品行的一首名诗。通过字里行间，我们可以真切地看到，龚自珍与黄蓉石是融洽默契，相知行远的朋友,他对朋友的赞誉也是自己所佩服、所努力并且想达到的一种境界——狂达而不狂妄,侠义而不粗鲁,温文而不呆板。我觉得,任小兵和周红亮的情感友谊当作如是观!

第十一章　向大地畅快地倾吐

难道是瀑布的声音／飞成了一谷的云雾／我觉得像许多槌／擂响了岩壁的鼓／也许是行雨的雷电／疲倦了，来这儿洗沐／还是东海的波涛／竟在丛山中走迷了路／阵阵急风扑面而来／吹动了我一腔情愫／于是，我也想山一般俯身／向大地畅快地倾吐／是膏血，就把缝隙填充／是情思，就把损破缝补／即使只有拙劣的诗句／也要响作催春的鼙鼓。

——丁芒《听瀑》

太阳每天都是新的！

刘禹锡云："以不息为体，以日新为道。"诗人把自强不息当作努力的方向，生命的意义和价值就在于不断地超越自己，超越今天，用青春的姿态辞旧迎新，拥抱明天。2014 年 9 月的夏季达沃斯论坛上,李克强总理言之凿凿地发出了"大众创业,万众创新"的时代口号。著名的麻省理工学院斯隆管理学院副院长、政治经济学和制度经济学教授黄亚生在他新出的书中写道:"每个人都可以书写创新,创新应该由大众广泛参与,而不是依靠少数人偶发的灵感推动,这就是社会创新的精髓所在。"也就是说,创新并不是我们想象的那么高深莫测,更不是我们认为的一定要创造出全新和重大的东西。创新的本质是将已经存在的东西进行再整合,应该由社会成员广泛参与,公开透明,自下而上形成一种创新组织形式。

创新不是一句空话,一念空想,不是三天打鱼,两天晒网,而是,一种活力,一种智慧,一种"最有战斗力,最有执行力"的意志践行,一种洋溢着"敬业、奉献、卓越"的生命姿态。在宝鸡电网,最辛苦的工作中,最艰苦的环境下,最朴实的工人中,我常常看到这种焕发着青春气息,张扬着新鲜激情的劳动创造。我有些疑惑,是怎样的一种力量激发他们创新的热情,又是怎样的一种力量铸就了他们光明的梦想。答案,似乎都聚焦在一个小小的、简朴的、平凡的工作室——"周红亮创新工作室"。那么,这个工作室究竟有什么魔力,吸引着、引领着、支撑着这样一群文化水平不高,简单直爽的铁汉子在创新的道路上风雨无阻,砥砺前行,春华秋实,硕果累累。

答案在于,他们依托创新工作室平台进行了一系列创新模式的创新。模式创新作为一种新的创新形态,显然要比技术创新更为重要,它可以源源不断地为技术创新提供内生动力。风靡一时,众所周知的互联网企业,无疑都是商业模式创新成功的典范。比如淘宝,就是因为建立了支付宝的交易系统,使客户和商家不用见面就彼此信任的交易;比如滴滴打车,就是将车辆的信息资源集中在你我周围,通过互联网平台实现共享;还有眼下最火的共享单车等等,这些企业无疑都是以新的商业模式,新的营销方法在占领市

大家一起创新钻研

场,提高效益。

满眼变化生鸿钧,人巧天工日斗新。现在,让我们把关注的目光聚焦到"周红亮创新工作室",真切地探寻一下,他们用什么方法鼓励、调动、支持更多一线职工广泛参与到创新工作中来,来解决生产实践的难题,让电力企业的技术、服务具有更大的竞争优势,让电网具有更低的成本投入,让一线职工生产效率更高,为社会提供更多优质清洁能源,让老百姓用上安全的放心电呢?

在创新精神生机勃勃的地方,在创新成果琳琅满目的地方,班长周红亮不急不缓,有条不紊地介绍说:目前,我们这个专业团队有 6 个班组,94 名职工,我们创新工作室的定位就是"以专业为平台,以劳模为引领,以众创为核心",主要从三个方面进行了模式创新:

搭建创新平台

周红亮:宋凯洋(小宋)、刘坤(小刘),今天我们开个会,共同研究一下我们班今年创新成果及 QC(英文 Quality Control 的缩写,中文"质量控制")项目。小宋,你有啥好建议,给大家说说。

小宋:班长,没啥,你咋安排我咋弄呗。

周红亮:你小子又想应付,那可不行,快说。

小刘:班长让你说你就说。

小宋:那好,班长你让我说,那我可实打实说了。

周红亮:少啰唆,快说。

小宋:咱部门给年轻人搭建的创新平台也太少了,每年咱研发的创新成果在公司展示发布完,就放在文件柜里,都没人问了,也没有啥推广交流,更没有职工创新成果展示的平台,感觉大家都不重视。你说,辛辛苦苦研发的成果都不知道谁发明的,咱还有啥荣誉感和存在感。

周红亮：嗯，你说的确实是个问题，怪不得你小子提不起劲。

小刘：班长，这好解决，咱部门新建了一个"周红亮创新工作室"，获奖成果会以原创者的名义在工作室展示发布，还可以随时和大家互相学习，探讨交流。听说呀，创新工作室还开展了好多创新小活动，有创新讲堂、技师授课、劳模巡讲等等，小宋，你想法最多，肯定会代表咱们班第一个走上创新讲堂。

周红亮：对呀，这工作室创新活动丰富，就是要带着大家一起干，一起解决咱实际工作中的难题。同时，公司领导也特别重视和鼓励咱们职工创新。小宋，这施展才华的舞台可给你搭好了。

小宋：班长，那咱还是赶快说一下今年的创新成果吧。

周红亮：2013 年创新工作室建立，把创新成果及创新技术以发明职工的名字命名，并进行集中展示，开展学习交流活动；同时，借助创新工作室平台开展了输电专业"创新五小活动"（创新学堂、劳模讲堂、技师授课、核心讨论、案例培训），进一步营造出职工团队中重视创新、尊重创新、鼓励创新的浓厚氛围。其次，我们集聚输电专业全国劳模、陕西省技术状元、技术能手等 8 名专业领军带头人，组成核心后援团队，指导督促、教练帮扶每个创新小组进行创新课题的研发。（平台搭建好了，但创新工作还是会遇到团队协助力量难以发挥的问题。）

威客悬赏发布

小宋：班长，这每次出去更换坏的瓷瓶，都要拿好几种不同的卡具，这卡具又重，光山路就要走两三个小时，太麻烦，太累了。

小刘：唉，没办法，咱这线路几万基杆塔，一种绝缘子就对应一种卡具，多拿几套工具，为了预防万一，难不成，你爬到山顶了，工具型号不对了，再下来重新拿一次吗？

周红亮：小宋、小刘你们说的难题我也反复琢磨过，我有一个想法,就是能不能咱们研制一个使用一种工具就能更换不同型号绝缘子的工具,那以后工作多方便。

小宋:班长,你的想法真好,这个项目攻关怎么完成呢。我这上班也没几年,我一个人能完成吗?遇到问题我向谁请教呀?如果要是有专业能力强、技术水平高的师傅们帮忙,我们组成一个团队就好了。

小刘:别急,这还不简单吗,咱们工作室就能解决这个问题,听说,你把创新的想法和思路张贴到工作室后,就像那个悬赏一样,就会有咱线路上的专家团队协助你完成创新任务,解决你遇到的创新难题。

小宋:真的吗,我只要把我的想法和难题写到工作室,就会有人来帮助我们吗,要真是那样,可就太好了。

周红亮:这下你小子不用担心没有专业的团队帮助你了,工作室那可全是高手,有他们帮忙,还怕你创新的想法实现不了。

小宋:班长,我现在就去把我研制卡具的创新思路在工作室发布。

周红亮:威客英文是 Witkey 是 The key of wisdom 的缩写,意思是智慧钥匙,概念是指通过互联网线上交易平台把自己智慧、知识、能力、经验转换为实际收益的人,通过解决问题,体现经济价值。我们就在思考,把这种模式移植到创新工作室的创新平台,在个人创新和核心后援团队之间搭建起一座无缝对接的桥梁。

我们是这样做的:当一个职工或班站 QC 小组在工作中遇到了难题,有了创新的想法和创新的思路,他们可以到工作室去填写一张《任务发布单》,写下创新的需求及创新的思路和要求,并在工作室任务发布榜发布。当工作室接到这个任务单后,立即启动召集人制度,进行核心讨论,如果不可行及时给发布人意见反馈,指明改进的方向;如果可行,任务课题立项,立即组成攻关小组,签订创新项目承诺书，明确参与人、时间、进度，并邀请发布人加入攻关小组，待成果研制并在年度专业成果发布会上顺利发布后，对任务发布人及参与人实行一个特别的奖励。

星级晋位激励

周红亮：小宋呀，你可是咱班上的技术骨干，我非常看好你的能力！

小宋：班长，千万别这么说，您是不是又有啥重要工作给我安排？

周红亮：你猜对了，就是今年咱班上的科技创新项目，我准备还是让你负责。

小宋立马接话推辞：别、别，班上还有副班长、技术员一大帮人呢，我可不是拒绝工作，实在是能力和水平有限呀。再说了，这也不是我一个人的事呀，我还是干好我自己的本职工作就行了。

周红亮：你小子，说实话，咋回事，工作一点积极性都没有，就不能积极主动点？

小宋：班长，那我可说了，我这每年创新成果获奖，您每次把公司的奖金给班上的 QC 小组均分，也没有个主次，我顶多拿上三五百元，这也太没成就感了，您还是交给其他人负责吧。

小刘：那你给咱一次机会呗，把这个任务交给我负责，让咱也好好表现表现。

周红亮：小刘，你咋变得这么积极，这可不是你平时的作风呀？

小刘：班长，你不知道，自从你在创新工作室制定了一个星级晋位和人才建档的创新激励机制，如果我参与的创新成果可以完成并顺利发布，我就能加星。

小宋：加星有啥用呀？

　　周红亮：看看看，这你就不知道了吧，我建议领导在咱们工作室为每一个人建立一个创新人才档案，如果人才档案上加的星多了，就具备了可以当工作负责人和副班长的资格，那你说，比起你那点奖金，你想不想当副班长，你不是老说，不想当将军的士兵就不是一个好士兵吗？

　　小宋：怪不得，你小子态度转变这么快，你这是想当"官"呀，那好，这次创新课题就由你负责。

　　小刘：好嘞，保证完成任务。

　　小宋：班长，还有我呢，我会更努力。

　　周红亮：大家都有能力，都要努力。没错，我们这次特别的奖励就是星级晋位，因为光有模式的改变，没有相应的配套激励机制，很难调动大家参与创新工作的积极性和热情，我们设计了一个星级晋位制度，在晋位之前，我们为 94 名职工每个人建立一个创新人才档案，规定每发布一个成果，就会在创新人才档案上对参与创新攻关的职工加一颗星。如：二星，具备了被评为部门年度优秀员工资格；三星，具有任职工作小组组长的资格；四星，具备工作负责人的任职资格；五星，创新工作室注册成员；六星，班站运维工程师；直至七星可具备任职副班长的条件资格。

　　同时，我们通过创新人才档案的建立，一方面，可以记录每位职工加星晋位情况，另一方面，将部门所有职工对应的星级进行五大类的分类，七星以上的职工称为优秀者；六星和七星称为领跑者；四星和五星称为追赶者；二星和三星称为起步者；二星以下称为旁观者。每年年底都会将输电运检创新人才档案公示一次，"谁在哪一类，档案晒出来"，以便更好地激励全体职工参与到创新工作中来。

　　激励大众创新，引领众创模式是"周红亮创新工作室"的内核，我们将创新平台、发布流程、激励机制、定责分类等多种创新要素

输电线路异物清除器（小黄人）获得国家专利授权

进行了系统化再结合。其出发点和落脚点都是立足班组生产实践，运用系统化创新管理的方法，有效解决班组实际工作难题。同时，它最大的特点就是打破班站壁垒，通过运用模式创新，将团队部门所有的人力资源、技术资源、载体资源等转变为职工的创新资源，并让全体职工共享成果资源。同时，通过全新激励机制，让广大职工体会到通过创新可以在生产实践中提质增效；通过创新，可以完成职工的职业梦想。这个新机制激活了班站职工的创新细胞，挖掘了职工的创新潜能，形成可持续创新的良性循环，让创新机制成为培养创新人才的沃土。

创新工作室成立近五年来，我们这个在电力行业基层生产一线的 94 名职工的团队,培养了高级技师 19 名、技师 28 名,研发的创新成果有 12 项,其中 8 项获国家实用新型专利证书,2 项获国家发明专利证书。1 项创新成果"除障机器人"走上中央电视台《我爱发明》专栏,1 项创新成果获陕西省第二届职工科技节银奖,1 项创新成果获国家电网青年创新大赛银奖,1 项创新成果获国家电网群众创新大赛三等奖。另外通过规范管理、技术创新保障了电力线路安全可靠的供电,2017 年,我们宝鸡地区高压电力线路故障率下降了 30%,连续 2 年没有发生过一起因城市基建、树木通道等电力线路外力破坏的事故,供电量达到 2 亿千瓦时,节省经济成本 2840 万元。

……

诗人泰戈尔说过:"飞鸟从天空飞过,可他并没有留下痕迹。"这是一种诗意的人生境界!其实,当你从这片天空飞过,天空便留下了你的温热,你的梦想,你的渴望!"周红亮创新工作室",就像秦岭山中的红叶火一般绽放,就像万里云天的雄鹰箭一般翱翔,带着朝气,带着诗意,带着理想,群策群力,百花齐放。创新展示着他们对生活的热爱,对事业的关注和对自我的挖掘,其热情四射、蓬勃向上的姿态,永远会成为他们人生记忆里的强光亮色。

或许,他们真的像天上的飞鸟一样,每个人的名字不被人知道,不被人记起,军功章、荣誉榜上也没有他们的辉煌,但,他们的劳动创造、奇思妙想无愧于"电力铁军"这个共同的名字。"雄关漫道真如铁,而今迈步从头越。"在这个日新月异的时代,在这条万众创新的道路上,他们一定会精益求精,再接再厉,选择责任与担当,放飞青春和理想,为创新积蓄能量和力量。而这一切,都只为更多人能拥有光亮,也因为,他们的本色红亮,他们的心在光明那方!

第十二章　像群星在闪烁一片晶莹

我好似一朵孤独的流云／高高地飘游在山谷之上／突然我看见一大片鲜花／是金色的水仙遍地开放／它们开在湖畔／开在树下／它们随风嬉舞／随风波荡。

它们密集如银河的星星／像群星在闪烁一片晶莹／它们沿着海湾向前伸展／通往远方仿佛无穷无尽／一眼看去就有千朵万朵／万花摇首舞得多么高兴。

粼粼湖波也在近旁欢跳／却不如这水仙舞得轻俏／诗人遇见这快乐的旅伴／又怎能不感到欣喜雀跃／我久久凝视——却未领悟／这景象所给我的精神至宝……

——华兹华斯《咏水仙》

人是创造世界的动力。

如果，我们想要更多的玫瑰花，就必须种植更多的玫瑰树。如果,我们都去做自己能力做得到的事,社会的美好进步真会让自己大吃一惊。国网宝鸡供电公司的变化就让每个人耳目一新,如鱼得水。人际关系和谐了,工作环境愉悦了,产生的力量是无穷的。在清清秀秀的张梦雯看来,笑容可掬的周红亮简直就是班组里的"男神"。怕我们不懂这个时髦的词语,张梦雯又笑着解释,"男神"就是那种说话让人喜欢,做事让人感动,做人让人思念,一身的正能量,给人希望,给人方向,给人力量,给人智慧,给人自信的男人。

2011年,刚参加工作的张梦雯被分配到秦岭输电运维班,报到之后,张梦雯发现,自己的顶头上司班长周红亮看起来不像个领导,倒像个平易近人的邻居大哥哥。"他长得不帅,但是看起来很憨厚,而且,非常和蔼。"张梦雯说,工作这几年来,她从来没见过周红亮发过脾气、骂过人,而是用自己兢兢业业、扎扎实实的身体力行,告诉别人什么该做,什么不该做。

张梦雯说,周红亮不但是一个精干的好领导,而且是一个耐心的好师傅。张梦雯刚参加工作时,什么都不懂,看什么都新鲜,周红亮便耐心地从最基础的工作开始手把手教她,不管张梦雯问的问题多幼稚、多奇怪,周红亮也不会取笑她、怠慢她,而是细心认真地去回答,并且将问题延伸出去,教给张梦雯比答案更多的知识。名师出高徒,让张梦雯受益匪浅,短时间里迅速补齐了自己的电力知识短板。

张梦雯最佩服的,是周红亮为一线职工形象带来的改变。在业外人看来,他们的工作就是单调的重复,他们的生活就是枯燥乏味。张梦雯说,刚参加工作就听到一句刻薄话,说"巡线工,远看是要饭的,近看是巡线的"。她吓了一跳,都不愿意报到。其实,话糙理不糙,这句话也有些道理。巡线工因为经常在山里面、树丛中,穿行巡检,泥里水里,风里雨里,衣服经常被荆棘挂住扯烂,看着破破烂烂,邋里邋遢,一点都不讲究。而且,过去在大多数人眼里,对巡线工的印象都很单一，觉得他们辛苦，也觉得这个职业技术含量低，都是文化水平不高的人才会去当巡线工。

一切都在改变，这种偏颇的思维定式也被周红亮改变了。

"这几年，大家对巡线工的印象越来越好，已经从过去那种单一的俭朴形象，转变为现在高质量的产业技术工人。而在这个过程中，周红亮功不可没，始终是引领者和带动者。"张梦雯说。

"周红亮的秘诀是创新，不断地创新。"张梦雯认真地说，促使周红亮从巡线工人向创新达人转变的，是他对巡线工作的热爱："他的所有想法，都是为了把巡线工作做到更好。"

荣获"诺贝尔物理学奖"的科学家阿克曼有一句名言："事实一旦与思想相结合，就会形成世界上最伟大的力量。他的结合力量武器，超过金钱，超过科学、商业和法律，因为事实能包罗所有的一切。"这里所说的事实与思想的结合，无疑就是我们通常所说的理论和实践相结合。一个领导，应该做的就是如何把体现在云端的路线方针与实际情况相结合，并化为群众所乐意接受的思想行为，以巨大的感召力、影响力，引导人们乐于身体力行地实践。

大山深处，宝鸡电网最基层的"领导干部"周红亮做到了！

周红亮的工作理念很简单，很务实，就是源于人生的智慧和实事求是，是整合集体能量的包容思想，是推出充满活力的思辨和创造。一个关于周红亮巧手创新的故事至今仍在输电运检室里流传。

那是一次日常的检修，周红亮与同事处理了一个高压线路接点发热的故障。当时，处理这种问题采用的是传统的并口线夹方式，需要工人登上几十米高的铁塔，将分流器固定在高压线接点发热处的两端，用工具一点一点旋转和固定并口线夹。每次处理这样的问题时，周红亮和工友累出一身汗不说，还非常的不安全。

工作结束后，大家坐上抢修车，周红亮无意识将手放在车窗上，却不小心被上升的车窗玻璃夹了一下。这一下，让周红亮脑海中跳了一下：车门上按一个键，车窗玻璃就能升降，如果把这个原理应用在工作中呢？

人回到单位，心还在现场，周红亮和同事认真研讨，多次试验，最终成功研制出"遥控式电动分流器"。有了这个工具，大家只要用绝缘杆将它挂在线路接点发热点的两端，再在地面用遥控器操作，就能轻松固定，作业时间也由原来的 50 分钟缩短为 10 分钟以内。科学技术就是生产力。这款工具现在已经成功处理了多起接点发热故障，还多次应用于西安、渭南等地区的类似问题，电力系统广大职工称呼它为"神器"。

"神器"其实不神，只是日常工作中小小的奇思妙想，灵机一动，连发明创造都算不上。也许，会有人以此认为红亮的成功有一定"幸运"的成分，但在他的同事们眼里，这一个个传奇的背后，却是他的心血和汗水，他的劳动和付出。他在日常工作中，采用的技术、窍门、方法，实际上是中国电网艰难成长的一个侧影。红亮不是三头六臂的异类，不是呼风唤雨的巨人，不是先知先觉的领导者，而是一个聪明灵慧的思考者，一个爱岗敬业的劳动者，一个工匠精神的捍卫者。他的言行举止、举手投足都折射着传统文化的熏染，世事风雨的磨砺，有一种曾经沧海的本色。

参加工作 20 多年来，红亮一直未离开基层，未离开巡线工岗位，环境越换越偏远，工作越换越艰苦。但他兢兢业业，毫无怨言，甚至高高兴兴地赴任，轻轻松松地工作，快快乐乐地生活，好像没有什么事情能够难倒他。每到一个新的地方，每遇到一个突发事件，他都能很快适应，都能应对，都有自己的方略，有自己的主旋律：既有因地制宜的机变，又有痴心不改的执着。这是一般人达不到的，做不到的。一个人当个好人不难，做点好事不难，难得的是自觉自愿，数十年如一日当好人，做好事，并把它升华为自己的生活常态和生命状态。

红亮一直在做着，在走着，就这样风雨兼程。他们从平地走到城市，从城市走到深山，一年四季都在野外施工，山里转，林里钻，风里去，雪里来，走遍了宝鸡的东西南北，看遍了秦岭的山山水水，用双脚丈量着温厚的大地，用双手编织着光明的电网。在他们眼里，最美的风景还是工作；在他们心中，有一种光明叫红亮。

生命在于运动，行走是生命的一种形态。人，总是在不断地来与去之间实现轮回。人的生命，也在这不断的行走中得到延续和改变。面对行走，有的人选择坚持，有的人选择放弃；有的人走得快，有的人走得慢；有的人边走边想，有的人只顾埋头走路；有的人一生都在原地走，有的人不停地奔波行走。凡此种种，结果迥然。

耐得寂寞，守住初心；持久发力，久久为功。在采访中，这种春夜细雨、润物无声的感受越来越绵密真切。不是一时感慨，三分钟热度的寒暄，也不是不负责任、信口开河的应付，我常常觉得红亮的思维、做法、态度，乃至身体力行很符合中国产业工人在当代的所有命题：工作要讲效率，效率要讲方法，方法要讲创新，这是他从实践中总结出来的真知灼见。就像毛泽东主席说的那样，他很善于从实际出发，具体问题具体分析，具体问题具体对待，从不搞形而上学，也从不僵化封闭。可以说，在栉风沐雨、跋山涉水的实际工作中，他找到了解决中国电网山区运维的金钥匙。当然了，他也知道，一把钥匙开一把锁，不可能有解决所有问题的万能钥匙，也不可能有包治百病一劳永逸的灵丹妙药。他还在路上，还在成长，还有很多的事要去做，还有更长的路要去走。

"知识"是两个概念，"知"乃客观不变之理，"识"乃个人体悟之得。有悟性方能有卓识，故有知未必有识，人不能无知，但更不能无识。你真正能"识"多少，你才能真正"知"多少。天才与庸才之区别恰在于一个"识"字。

周红亮的创新不是专门走"高大上"的路线，也不是搞高尖端的科研。他不是学院里的知识分子，他"知"的不多，但他有"识"。他善于从实践出发，以小破局，往往只是一点小小的改动，就能让工作更加安全，设计更加合理，效率更高。比如，N合一的带电处理工具、能防蛇的输电线路金具，或者是防蜂帽、防蛇护腿和多功能背包这种小物件。至于上过央视无数次的"清障精灵小黄人"和获得无数人称赞的"复合绝缘子串""线路引流小弧垂测量仪"，则见证着周红亮知识的进步，事业的成功。

众人拾柴火焰高，百花齐放才是春。在周红亮的带动下，许多一线工人自觉地投入到创新中来，群策群力，献计献策，工作中的疑难问题迎刃而解。国网宝鸡供电公司领导顺应潮流，高瞻远瞩，积极倡导，在电力系统率先成立了以周红亮名字命名的创新工作室，应运而生的"周红亮创新工作室"成立至今，已有8项成果获得国家专利，数量是过去的四倍。改观，变化与成就，都令身在其中的张梦雯感到骄傲。

张梦雯还清楚记得，2015年12月，周红亮带着她和几名同事，参加国家电网公司首届青年创新创意大赛，他们参赛的作品便是"清障精灵小黄人"。决赛之前，临出发了，周红亮仍在考虑如何完善小黄人的构造，他大胆提出，能否对小黄人的机械臂进行改造，将机械臂加长，并改成可打开式，这样小黄人的行走方式就会发生改变，而且，可以从只针对单导线变成单双导线兼顾……

精益求精，永不满足。这件事令张梦雯印象特别深刻。张梦雯认为，以周红亮为代表的一线巡线工，已经成为有理想守信念、懂技术会创新、敢担当讲奉献的新时代产业工人，这是令人激动、令人振奋的划时代转变。

周红亮带给张梦雯的感动不止于此。有一次，她拜托周红亮在巡线路上，顺便帮她买一点儿山货，这种山货较为少见，张梦雯也就是随口说了一次，周红亮只是点点头，就出发去巡线了。后来，

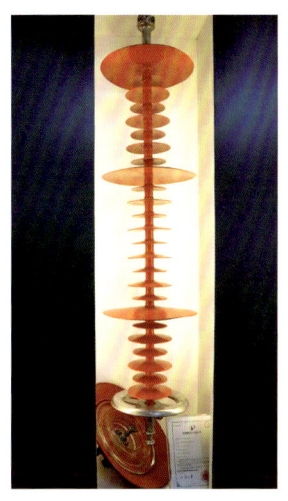

110 千伏防冰复合绝缘子　遥控式分流器

330 千伏更换耐张玻璃复合绝缘子托瓶架

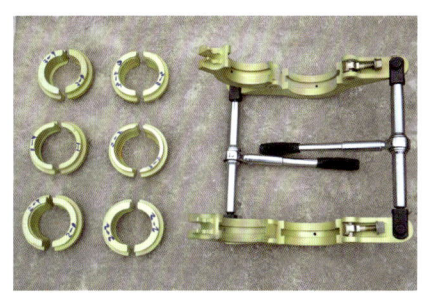

多功能卡具

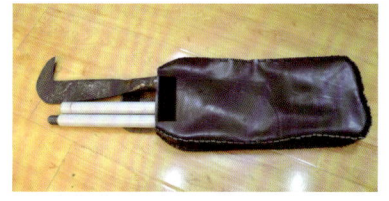

输电专业标准化巡视防护装备

看到周红亮巡线归来双手空空,她便将这件事置之脑后,不再提起。然而,过了一段时间后,周红亮突然找她,说自己将张梦雯需要的山货带回来了。原来,周红亮每次进山,都会特意询问附近山民,想要购买张梦雯所说的山货,但不凑巧,都没有买到。周红亮并没有将这件事忘掉,而是继续在巡线途中询问,终于在一次巡线时,遇到有村民贩卖,周红亮才买回来。这件微不足道的小事让张梦雯深受感动,折射着一个与人为善、信守承诺的处世态度。她开玩笑说,"周红亮长得并不帅,"然后,紧接着说,"虽然不帅,但是周红亮让人很想亲近,没有距离。更重要的是,全身都是正能量。"

"能吃苦,会创新,有知识,敢担当。时髦地说,周红亮,就是我们班组的'男神',我们都很佩服他。"张梦雯咯咯地笑着说。

见贤思齐,精益求精,是一种精神,是一种美德,也是一种境界。红亮就有这样的本事,这样的高度,这样的胸怀。不只是他的同事们佩服他,通过采访,通过资料,通过介绍,对这个地位不高,话语不多,想法不少,贡献不少,一开口就笑的质朴汉子,我也有些心服口服了。人与人之间相识容易,见面容易,交往容易,但走进彼此的内心世界却很难。寓言《美国牛仔》里这样解读人与人,动物与动物相互认可的关系:马的服是因佩服而服,牛的服是因害怕而服。也就是说,因敬而生的服是打心里信服,因怕而生的服则是表面服而心里不服。一个人,一个组织,一个领导,叫人害怕你不是本事,而让人从心里佩服,叫人敬佩才叫真本事。

第十三章　如果我们的灵魂是两个

如果我们的灵魂是两个／则双魂像双脚圆规／竖直而且成对／你的灵魂是站稳的脚／寸步不移／但另一脚动时／你会跟随。

此脚虽然固定在圆心上／另一脚出门远行时／它便俯身前望，侧耳倾听，等到另一脚回家／便再挺立起来。

你我之间也如此／我必像／那另一脚／斜斜地行走／你的坚定／使我的圆分厘不差／并使我始终如一／都在那里。

——邓恩《临别劝卿勿悲伤》

人生就像一次说走就走的旅程，身体是灵魂借住的客栈，对于茫茫无涯的时间而言，今生只是苍茫之中的匆匆过客。要有很深很深的缘分，才会将同一条路走了又走，同一个地方去了又去，同一个人见了又见。我一直相信，这世间有一种相遇，不是在路上，而是在心里；有一种感情，不是朝夕厮守，却是默默牵挂。

暖暖的太阳照着，天上是一疙瘩一疙瘩的旋涡云，窗外是春回大地、万物复苏的街道，楼下的花已经开了，草已经绿了，头顶有飞机升降的声音，可以看见那条渐拉渐长渐行渐远的白线，把天空划成两半。坐在干干净净、宽宽敞敞的屋子里，我和公司领导周海军、王高红、吴涛一行与红亮一家人拉起了家常。

红亮妻子王晓莹是一个娇小精干、性格开朗的关中媳妇，她一直笑着，真切地招呼家里的每一个客人，毫不避讳地对我们说：

"说起我俩处对象，这么多年了，老夫老妻了，也没有啥不好意思的，当初是我追红亮的。

"我俩是2000年初认识的，他那时候就在融冰站。亲戚一介绍，我们就见面了，红亮那时候很帅，个子高高的，说话慢慢地，一看就是那种可靠的男人。男人是用来靠的，一定要可靠。我一下子就看上了红亮，可以说是一见钟情。

"才谈对象时，打电话不是很方便，我俩一周才见一次面，有时候半个月也见不上一次面。我印象最深的就是，那天是个礼拜天，我俩去商场转，他准备给我送一件礼物。正转的时候他的电话来了，周红亮就说你自己先看，工作上有急事，我得去处理一下，就把我撂到商场转身走了。我一个人往回走的时候坐在公交车上，感觉心里就是那种哇凉哇凉的，觉得书中或者电视剧上的恋人情景，在我身上怎么没有出现过，也没有感受到。就是后来结婚了，他陪我逛街的次数也可以数得来，到现在也没有送过我一束花。他老说，过生活就是实实在在的，不一定非得送束花，搞个浪漫什么的。我知道，他就是个实实在在的人，也不会浪漫。

"结婚第二年我们有了孩子。他工作越来越忙了，好像那一年的站际竞赛的时候，几乎每天晚上都要加班，孩子小，就把孩子扔给我。我当时也要工作，晚上还要照看小孩，没办法了就让我父母来帮助我。等站际竞赛完了以后，我觉得他应该能顾上家了，结果又被调到凤县凤州站。当时，听他说要去凤州站的时候，把我气的一直哭，这一去又要撇下我和孩子了。感觉就像天要塌下来一样，没人管我们娘俩了，生活中遇到事情又要自己去承担。哭归哭，最后，他还是去了，当时他是一周才能回来一次，如果那边忙，可能两周或者三周，甚至一个月才能见上一次。孩子小，遇到事真的是无助。

"2008年汶川地震的时候，人心惶惶。我们这一代人以前没遇过地震，心里恐惧，战战兢兢，就想着和家里人待在一块儿才安全。但是他被派到甘肃徽县那边，排查地震后线路受损情况去了。孩子当时才4岁，我看着别人家都是一家子在那搭地震棚，一家子人都团聚到一块和谐温暖，我就觉得很单薄很无助。幸好，我父母在跟前给我帮忙，心里面才好受一些。

"家里的事情他根本管不上，孩子也照顾不了，家务活就没有靠过他，基本上都是我一个人来做。不像别的家庭，每天上下班两口子可以相约一块回家，按时吃饭。我们一家三个人在一起吃饭的时候很少，他几乎每天晚上都不在家，我和孩子都习惯了。孩子上学要急着吃饭要写作业，我就先给孩子把饭做好吃了，然后，一个人孤独地吃。其实，刚开始的时候，我俩为这些事情也争吵过。周围人家老公疼爱媳妇的很多，不让媳妇干这干那，给媳妇买这买那，关心媳妇的好丈夫有的是，为什么，在我身上这份爱和家庭温暖就没有感受到过？

"患难是夫妻，日久显真情。也就是这几年，可能是两个人也磨合了，我慢慢地了解他，理解他，发自内心的支持他。毕竟都在一个单位，他干的这些工作，这些事情，我也清楚，都是些本职工作，都是应该做的好事，我咋能拖后腿？"

周红亮陪伴父母

阳光照进来，把窗格一条一条映在地上，我们就这样坐在春天的温暖里。我说："还有什么不愉快的事情，一起说出来？当着几位领导，再把红亮的缺点揭露一下，出出心中的怨气。"

晓莹不好意思地笑笑，接着说：

"在孩子教育这个事情上，我以前确实对他有意见。从孩子上学到现在，他几乎就没有给孩子开过家长会。儿子小时候我还能把他管住，能带住，给他说话还听。等到五六年级，男孩特别调皮，老师经常叫我去学校。班主任跟我说，他说每次一叫你就来了，他爸爸呢？我说他爸爸工作忙，来不了。班主任从来不发脾气，他只是冷冷地看着你：工作再忙，能有比孩子教育更重要吗？我只好赔着笑脸，说他工作真的很忙，就是来不了，有什么事你就跟我说。班主任叹一声，很无奈，说了你又管不了，看看你儿子在学校都干什么了？我问，怎么了？老师说，怎么了？给你说了几遍的话你都没记住。

"孩子现在上初二，青春期，不听话，性格叛逆，我和儿子成天在家磨牙拌嘴，斗智斗勇。在学校问题比较多，老师找过我谈过多少次话，每次都说让他爸爸开家长会的时候来一次。学校一个英语老师，在心理学方面有些研究，他跟我交流几次后，说，知道孩子问题在哪不？我说，不知道。他说，孩子内心是孤独的，需要鼓励，让他爸爸多引导，多带动，因为孩子现在很不自信。就是说，妈妈如果带太多的话，孩子在成长过程中可能就会多一分忧郁感。如果是爸爸带的话，男孩的内心世界可能更阳光一些。

"老师说，开始他还以为我和周红亮之间的感情是不是有了问题，导致孩子的内心缺乏安全感，缺乏自信。我就跟老师说，我俩之间挺好的，没有什么矛盾。就是因为他爸爸工作比较忙，孩子平时生活、学习都是我一个人管，和他爸爸交流的时间少一些。

"周红亮难得在家一次，我说，你去给孩子把英语单词听写一下。孩子说，不让他爸给他听写。娃从小他就没管过。娃学习的时候，他不在家，等他回来，娃的作业也做得差不多了。他回来以后还拿着笔记本电脑，在那敲敲打打写东西，也不管不顾我和孩子。等你看他时，已经累得趴在桌上呼噜呼噜地睡着了。

"每年春节他都要去融冰站里值班。年三十晚上，家里就是我和孩子两个人，冷冷清清，没一点年气。为这个事情我也给他说过，别人家大过年的，团团聚聚，欢欢喜喜的，就唯独我们娘俩在一块孤孤单单。他说，不行，你就跟着我上山去吧。我带着孩子去过两次，男孩子好动，他上去了觉得去外面太冷了，出去以后就是荒山野岭的，也没有玩的。电视频道也不多，山上风大，风一刮电视信号还不好。去了两年以后，孩子死活不去了，说是他要在宝鸡过年。他不去山里，觉得山里无聊无趣，吃的看的玩的什么都没有。

"平时孩子和他们班同学交流，别的孩子QQ群里面说，和他爸妈看什么电影了，去公园玩什么了。作为我们孩子来说，他会怎么想？他肯定也想去！有时我陪他去公园玩，我胆小，比较疯狂的那些玩具不敢带孩子玩。如果，他爸爸在的话，是不是可以去陪娃玩？孩子小时候可能还没有想法，但是他现在长大了，他心里肯定是有想法的。他觉得你天天不在，他能对你没有成见吗？如果红亮一直在，多陪孩子，娃胆小的时候去引导他，他不敢做的时候，去鼓励他，说不定孩子现在性格能好一些。我现在到辅导班去，都要找个男老师，就是比较阳光健朗一些的老师。我就是想，娃从小缺少爸爸引导，在老师那能找一些弥补。

"平时在家里，儿子和红亮很少交谈，我俩在一块交流的多一些。孩子也是很渴望父母都陪在他身边，像别的娃一样的。他工作忙，陪娃的时间少，慢慢地娃就对我很亲近，对他就淡一些，但是他回家以后我们一家人还是很开心。要是他出差几天回来，娃和他两个人还拥抱一下，亲的不行，热情的不行，我看着也很高兴。

有时，我和娃闹起来时，我们两人都给他打电话，各说各的理，周红亮电话那头就是个消防员、和事佬。

"当然了，孩子从周红亮身上也学到了不少好东西，比如恒心。孩子从三年级到现在一直坚持学小提琴，现在考完八级了。有时候，红亮看着孩子学习辛苦，就说你想学就学，不学算了。孩子说，我要学，还要学好。这就很像他爸爸的那股坚持劲。娃也很聪明，只是缺乏自觉。红亮要能天天监管着，多好呀！"

······

据说，每对夫妻都有100次离婚的念头和50次掐死对方的冲动，可还是有那么多人，平平淡淡，周而复始，从青丝走到了白发。爱情的美好之处就在于此，唇枪舌剑、烽火连天时，就想买把刀杀死你，却在买刀的路上买了你最爱吃的菜，爱喝的酒，回到家里，两人又推杯换盏，交颈缠绵，日子又鲜活热闹地过起来，过下去。

我忽然想到，刚才上楼的时候，红亮六楼的门上贴着一副对联：红心照亮千家万户暖，晓风轻莹福至德有邻。这是一幅嵌名联，是公司的文化人专门为他们两口子撰写的，很有趣，很有情，很贴切。说完了孩子，眼眶红了的晓莹又接着说：

"有时候，想想周红亮也挺让人心疼的，他也不容易。漆树中毒非常重的那次，对我来说真的很害怕。他的皮肤不好，年年到那个时间漆树中毒，脸肿手肿，都认不出他来了。每次不挂吊瓶，根本就过不去。

"他每次去巡线走的都是山路，气候、路况都不好。那次漆树过敏以后，他去诊所开了药、打了针，当天晚上就肚子疼。我当时一看没办法就赶快送到医院，送医院后医生还没看完，他疼得就在床上翻滚，豆大的汗珠把衣服都湿透了，一夜未眠。第二天，医生确诊说是肾积水，就是因为漆树中毒，他尿都排不出来，等医生把药用上以后才缓解。后来，他说胳膊疼，我一看胳膊肘那块都是烂的。想想才知道是因为那天晚上疼得在床上翻滚时，把胳膊肘磨烂的，流了好多血。可见，当时都疼成啥样子了。

"还有一次，漆树过敏以后，他的脸手都肿了。那天，孩子在幼儿园，我刚好有点事走不开，就给他打电话，说你去把孩子接一下。因为他平时不太管孩子，也没有见过老师，他去接孩子的时候，老师不认识，说没见过这个人，不知道这个人是谁。老师给我打电话让我确认。我给老师说，这是孩子的爸爸，然后把情况给老师说了一下，我说他皮肤过敏，脸肿着你没认出来。

"年年这样漆树中毒，对人身体肯定是一种伤害。我就让他注意点，他老说他总结了一些经验，自己能掌握住。原来我不知道，现在还是那样，每年中几次毒，过敏回来后他脸肿手肿，手都蜷不了，碗都端不住。他身上经常带防止过敏的药，并且一次比一次吃的多。"

晓莹的眼里充满了泪水，她似乎被红亮的悲壮感动了，一滴眼泪落在茶几上，晶莹地站立着：

"光说不开心的了，说点他获奖的喜庆事吧！红亮每次获奖回家，第一时间就把奖杯交给孩子一起分享，孩子也很高兴。获得全国劳模那一次，奖牌拿回来，孩子给自己身上一戴，还让我给他拍照，然后发到我们家的微信群，使劲地炫耀！孩子还给姨妈说这是他得的奖，全国劳模奖。有时间的话，红亮会给孩子说他在外面见到的、听到的，让孩子也自豪一下，开拓一些眼界。

"参加十九大回来后，他把自己的投票笔送给孩子说做个留念，孩子就珍藏起来，不让别人看，觉得很骄傲。从北京回来的当天晚上，他就给孩子说，别给人家说爸爸是十九大代表，要低调，别张扬，能不说咱就不说这些事。现在学校老师只是知道宝鸡今年有一个十九大代表，都不知道那是孩子他爸爸。

"家里谈论他的十九大代表时，娘家妈最爱看，一有周红亮的

周红亮陪伴家人

镜头，我妈从头看到尾，还给我打电话，说刚才电视上看见红亮了，老人也挺高兴。他每次出去只要有他的镜头，他就会在微信上告诉我，我就跟家里人一说，都坐在电视跟前去看。红亮去北京参加十九大，家里人都围着电视看。有一个亲戚在兰州，也坐在电视机旁看，高兴地打电话说看见红亮了。

"有时候想想，我们也很幸福。他这么多年走过的历程，取得这么多的荣誉，离不开他的坚持，离不开全家的支持。其实，这也是对我的肯定，军功章里也有我的一半嘛，我也很骄傲。

　　是的。有你的功劳，也有你的骄傲。女人一生最成功的事情之一，便是选对了一个好的男人。炊烟起了，我在门口等你；夕阳下了，我在山边等你；叶子黄了，我在树下等你；月儿弯了，我在十五等你；细雨来了，我在伞下等你；流水冻了，我在河畔等你；生命累了，我在天堂等你；我们老了，我在来生等你。

　　太阳特别亮，长长的斜斜的阳光一道一道射进来，轻飘飘的微尘在一道一道光里翻滚。打开窗户，除了光，不时有清冽的泥土的气息丝丝缕缕，沁人心扉。我们听听周红亮岳父王文其、岳母贾凤侠两位老人对女婿的看法：

　　"其实，双方父母都很理解红亮。他经常不回来，节假日也不回来，晓莹有时候多说了几句，我都批评她：男人就要在外面有点成就，你老让他在家有啥出息！我们经常劝晓莹，不要家里一有事就给他打电话，就让他回来，他不回家肯定有他的事情。你让他忙他的事，不要为家里的这些事情影响他的大事。红亮是党代表，开完会回来给人家要宣讲，我知道他在宣讲十九大精神。这是天大的事。老伴也常给女子说，晓莹，男人就要在外面办大事，女人把家里管好就行了，你能干多少就干多少，两口子要互相理解。红亮正是干事业的时候，不要拖他后腿。话说回来，一个女人持家也不容易，有时候干累了会在老人面前发发牢骚，也能理解。

　　"红亮父母身体都不好，本来是当儿子的要多去照顾。但他家人基本上都不愿意打扰他，也知道指望不上他。他父母一直在老家待着，父亲脚不好还上不了楼。所以一到冬天，就到鄠邑区他哥哥那去了。他哥他嫂照顾着两个老人。晓莹回来说，婆婆和公公也是不容易，亲家现在的起居饮食都由亲家母一个人照顾，平时在轮椅上坐着，上个卫生间干啥的都要扶着。尽管，亲家母很苦很累，从来没有说家里有困难了让红亮他们必须回来，没有要求过他们啥，只要是自己能干的，就把什么都干了。俩亲家也从来没有抱怨过、责备过红亮，知道娃忙，事多，工作也不容易……"

夕阳西下，薄暮升起，太阳从云的缝隙中喷射出来，释放出一道一道、一束一束红色的光。天黑得越来越晚了，采访快要结束了，给大家的杯子续上水，晓莹接着父母的话又补充道：

"照顾父母方面，周红亮根本没时间，有时候我就多回去看父母，尽量多给他们一些照顾。父母的身体不好，情况一年不如一年，一年比一年老得快。我也给红亮说，父母老了，要抽时间多陪陪老人。说个不好听的话，老人见你一次少一次……

"关于老人这个问题，一直是红亮的心病。其实，站在做媳妇的角度来看的话，红亮对父母，心里有感情，有孝心，但是他做得真的不够。公公病了都这么长时间了，他在跟前陪的机会很少。包括过年，因为他要去山上值班，根本就谈不上要去和家里人团聚。我隔一段时间，就提醒说，你给家里打个电话，也用不了多长时间，起码给爸妈报个平安，让老人别操心！他说行，答应地倒爽快。但，有时候就是口头一说，一忙了，然后也就过去了。我觉得，在这个方面，他作为儿子来说，做得还是不够。

"前一阵子，公公和婆婆从鄠邑区回来，在老家住的时候，我刚好在家里，让他周末的时候回去看一下老人。那段时间他可忙，好像一到周末的时候都是有事。催了几次，他才抽空回去了一次。回去也就是待一会儿，坐不住，老有事。但我相信，红亮心里是有父母的，也想用心去孝敬父母。他不说，我也能感受到。没有做好，是因为工作忙、事情多种种原因，他顾不过来，把儿子对父母的孝心有时候就忽略淡化了。"

……

人到中年百事忧。上有老，下有小，中间还有自己的工作、事业、理想，我们都是凡人，都有苦辣酸甜，都有身不由己，都有忏悔救赎，还是让我们静下心来，虔诚地听听释迦牟尼佛的一句话：人一辈子，挥手需要一瞬间，牵手却要很多年。无论你遇见谁，他都是你生命中该出现的人，绝非偶然。前世五百次的回眸，才换得今生的擦肩而过。今生相逢成一家人便是天大的缘分，我们应好好珍惜身边的亲人。

"树欲静而风不止，子欲养而亲不待。"随着年龄的增大，我对这句话的感受越来越刻骨铭心。是的，当我懂得感恩的时候，生命中最重要的双亲早已远离我而去；当我知道孝敬父母的时候，父母早已仙游成为梦中的幻影；当我有能力报答给我生命亦给我一切的父母的时候，他们却与我相隔在两个世界，留给我的只有心里永恒的疼痛……

孝，是中华文化的主要内容，也是人类共通的美德之一。《孟子》曰："孝子之至，莫大乎尊亲。"家有老人的红亮应该注意了！于时间管理，有个著名的"四象限"理论，说，人每天面临四种事：紧急又重要的，紧急但不重要的，重要但不紧急的，不重要也不紧急的。安排好这四种事，人生才会愉悦美好，情感世界才会不留遗憾。孝敬父母，应该是前者，应该是第一位的。悠悠万事，唯此为大！

第十四章　通向遥远又遥远的天地之交

乡村大道啊／好像一座座无始无终的长桥／从我们的脚下／通向遥远又遥远的天地之交／那两道长城般的高树呀／排开了绿野上的万倾波涛／哦，乡村大道／又好像一根根金光四射的丝缘／所有的城市、乡村、山地、平原／都叫它串成珠宝／这一串串珠宝交错相连／便把我们的锦绣江山缔造／

乡村大道啊／我爱你的长远和宽阔／也不能不爱你的险峻和你那突起的风波／如果只会在花砖地上旋舞／那还算什么伟大的生活／哦，乡村大道／我爱你的明亮和丰沃／也不能不爱你的坎坎坷坷、曲曲折折／不经过这样的山山水水／黄金的世界怎会开拓！

——郭小川《乡村大道》

这是一条普通的山路，普通的再也平常不过。可以说，它是道路中的山野村夫。可以说，它是地图上找不到标记的旅途。准确地说，它是远离城市，孤悬深山，也和旅游景点缺少关联，游人罕至的羊肠小道，连路都称不上。

这条路，也不会笔直，靠人踩踏出来的路，往往依山就势，蜿蜒盘旋。一会儿隐入草丛，一会儿悬挂山腰；一会儿迎面被巨大的树干抱住，一会儿又与空中垂下的藤条纠缠不休。路不长，只有60余里。走完宝鸡这边，自然有其他的路把它与山顶相连；山顶那边，自有别的路把它接过延伸。如此荒山野岭间的一条路，一场初雪就可掩埋，几滴冷雨就会让它泥泞不堪。它简易、纤细、平常，就像是山间悬挂的一根旧藤条，风一吹就会摇晃。我不知道，这样一条路，怎么可能会进入我的心灵深处，并成为我写作的主流话语体系，成为这本书情感的重要索引，魂牵梦萦地想走走这条路，当然，不是为了游山玩水，吟风弄月。

因为，周红亮走过这条路，春夏秋冬，年复一年地走着这条路。

关于周红亮的巡线线路，央视的记者有一组现场照片：山顶上陡峭跋涉，形如刀背的绝地攀登，只能容下一个人的惊险悬崖，草地上巨石之中的安营扎寨，湍急大水上的独木危桥，绝壁上的绳索攀岩……不用亲身实践，单看那些图片就足够让人心惊腿软，吓出一身冷汗。

遗憾的是，这条路，我只是听人说过，图片看过，自己没有走过，心有余悸，不敢走。

"每一次巡线，都是周红亮负责开道，他是巡线组组长。从驻地到老虎咀32基杆塔，有一段路全部是在崖壁上，只有脚掌那么大的地方。因为山里面下雨多，这条路长满苔藓。下面是至少200多米深的悬崖。以前，每当巡线路过这里，总是先找一个体能比较好的，先过去把绳子拴牢，后面的人才能过去。"对我说这段话的时候，办公室副主任，当年也在工区待过的小伙子朱继周至今还心有余悸。

戴着眼镜，带着好奇，胖胖的，讨人喜欢的青年工人朱继周第一次穿山越岭巡线的时候越走越累，体力不支，40斤重的工具背包好像一座大山压得他喘不过气来。孙安兴、田力军等同事们看到后，这个过来分担一点，那个也分担一点，周红亮过来拉住他的胳膊，搀着走。"那地方，下面是水沟，水里全是大石头，人一下去，即使摔不死也要碰死。这几年摔死了好几头驮运材料的骡子。崖壁上全部是苔藓，湿漉漉的黏滑，抓都抓不住，只能一个个地过。如果中途滑脱，其他人救都没法救。很多时候，通过这里一个是靠平时的基本功，一个是凭运气。"

我问，怎么是凭运气？安安静静的继周低下了脸庞，然后扬起，看着我说，确实是那样的，你不相信运气吗？我说："运气似乎有点宿命论的意味，但我觉得，在现实生活当中，运气这个东西，确实是存在的。"继周憨厚地笑了一下。显然，他对我的回答是满意的。我也挺喜欢这个心中有数、多才多艺的小伙子。

温文尔雅，如沐春风，是我对一脸斯文气象的公司办公室主任净朝晖的感知评价。他笑着慢悠悠地解释说，继周说的运气指的是天时地利，这一点，我们都能理解。有时候，出门还好好的，云淡风轻，半路上，就狂风大作，暴雨倾盆，连个躲的地方都没有。雨太大了，路上的滑坡、塌方，随时可能发生险况就可想而知了。有一次巡线，他还真的惊险了一次。尽管他小心挪着步子，但有一只脚没踩实，另一只脚刚抬起来，就滑脱了，忽悠一下，整个身体都空了，往下坠的感觉像闪电一样占据了脑海。可能是本能反应，他两只手使劲抓着攀登绳，等身体稳定了，才又爬上来。攀缘的时候，同行老同志都冷静地告诉他，千万不要朝下看。他说，我知道，如果朝下看，人就会分散注意力，也会被下面的骇人境况所吓倒，心神慌乱，直接就坠下去了。

上官和红亮一直是同事，是搭档，说起自己第一次参加巡线，

深山巡线

　　觉得有一件事印象特别深。那一次，他跟着巡线队走了一天，累得不行，宿营时候，吃了饭，大家就开始点火烤鞋子和衣服。因为路上时常会下暴雨，即使没有雨，汗水也会把衣服浸透几遍，到晚上冷风一吹，不烤干就特别冷，第二天早上穿上也容易感冒。可烤着烤着，他不知不觉地就睡着了。忽然，闻到一股焦臭味，他猛地醒来一看，鞋子烧坏了一只。没有鞋子，就相当于没有脚，怎么爬山走路呀。正在他愁得没办法的时候，红亮拿出一双新鞋子给他穿上。"穿上那新鞋子，感觉走路都不一样，忽然间就来了力气，走得也快了。"

上官说，还有一次，他们巡线到老虎咀时，天气突变，狂风大作，猛然就下起了雨，大家措手不及。周红亮就把自己包里的雨衣给上官穿上。上官开始不肯穿，自己还年轻，怕老大哥红亮淋湿了。周红亮说，他巡线次数多，经验丰富，知道怎么做，他从口袋里掏出一个塑料袋，套在自己头上。由此看，周红亮是一个极会关心同事的带头人，一个细心细致的班长，真的爱护新同事。也难怪，和我聊天的几个年轻工人都说他好话，好得不得了。

上官心有余悸地说，有一次巡线，他们走到一个特别陡峭的地方，他和班长一前一后，正走着，他忽然一脚踩空，闪了一下身子，班长下意识地抓住了他。那是悬崖边上，情况危急万分。后面的另一个师傅孙安兴也上来抓住他，然后慢慢地把我拉了上来。上官的脸白得没有一点血色，到安全地方，还全身软得不能动，歇了好长一段时间情绪才好起来。

多亏了那根小树。上官滚到崖边上，身体正好被小树挡住。周红亮说，不要动，我下去拉你。上官惊魂未定，想扭头向下看，几个师傅几乎同时喊说，不要回头看，稳稳地趴在那里！红亮卸下背包，攀登绳一头拴在一棵大树上，一头缠在自己腰上，还留下一段，用来拴住上官。正在这时候，被甩在一边的背包又自动滚落，还把悬空的上官砸了一下。大家想，这下肯定会出问题。谁知道，那棵小树还很结实，一直挡着上官。大家才松了一口气，然后，一起向上拉，用了差不多一个小时，才把两人从崖边拉回来。

上官讲的时候，一直笑着，似乎在讲一件与自己无关的故事。殊不知，听得我心跳加速，面红耳赤，感觉心脏快要蹦出来。这段路，我敢走吗？

热情好客，一直陪着我采访的副局长刘耀辉笑着回答我：李白说，蜀道之难难于上青天。这句话还真不是夸大其词。我们的线路好多地方就是以前的蜀道，外面的人确实不敢走。我们这些老线路工现在都不敢回想，以前是咋过来的。以前，山上基建的时候都是用人工往上背，一天一天，一趟一趟，周而复始地走着山路。几天看不到人，说不上话，有时到了村子看见别人抽烟都香。现在好多了，用骡子往山上驮运钢材、沙子、水泥。山势陡峭，路途难行，陕西骡子没劲没耐力，都上不去，用的是吃苦耐劳的贵州骡子，就这常常把骡子累死，今年就累死了几头。更惨的时候，连骡子带建材一起摔下去。

我惊呆了，几乎不敢听下去，这条线路，这种环境，红亮他们是如何数十年如一日坚守的，又是如何融冰、维护、送电、检修的？不要说工作了，就是10月份进山，来年3月份才出来的孤独，寂寞就让常人难以承受，他们都是些精力充沛，风华正茂的年轻人呀！

看着我的疑惑，平平静静、和和气气的工会主席吴涛告诉我，这种困惑他也曾有过，他从西安来宝鸡工作的时候，就知道周红亮是系统的劳模，但没有见过面，以为还是概念中老老实实、兢兢业业，只知道埋头苦干的劳模形象。握手见面以后，才知道这个和他同龄的劳模的确和想象中的不一样，和别人不一样。手掌柔柔的，笑容柔柔的，说话柔柔的，心愿柔柔的，是一个典型的现代产业工人。后来，看了红亮的事迹，知道了他们的工作环境，也理解了他们的艰辛。而2008年的一件事却让他感到震撼，红亮躺在病床上要求去地震灾区支援救灾，医生不让去，病症很危险，责任担不起。红亮就给医院写保证书，一定要去。他看到白纸黑字，看到誓言旦旦，也看到了基层党员的无私奉献，看到了产业工人的责任担当，看到了一个劳模的精神向度。从工会工作来讲，我觉得每一个年轻人都应该来山里面走走看看，都应该向红亮及所有的基层工人学习、致敬。首先，我应该向红亮他们学习！

路在眼前，能不能踏在脚下呢？我在心里无数次地问询自己。

其实，采访了这么多，我也应该向红亮学习。学习不能停留在口头上，应该落实在具体行为中。今天我准备付诸行动，身临其境，和陪同的朋友们走一走红亮走过的路，体验抑或感受一下他们的艰辛，颠覆自己对这条路的恐惧。

冬天的秦岭，褪下了盛装，以一种本质本色的音容笑貌欢迎着我们。有风拂过，霜叶一片片落在眉梢，染红了脸颊，流转了眉目。古道西风瘦马，小桥流水人家。好一幅幽远野逸、安详宁静的山水画！而我此时就身置其中，片片花瓣树叶如仙鹤的翅膀翩翩起舞。临风而立，遥岑远思，"会当凌绝顶，一览众山小"的诗意豪情便油然而生。其实，日常生活中，诗情画意是没有力量的，离地才十来米，我就感觉呼吸不再那么从容，话也不想说了，诗兴无影无踪，眼睛只盯着脚下的路，身上已经汗出如雨了。

山势越来越陡，路是几乎没有的了；真像鲁迅先生说的那样，世界上本没有路，走的人多了，就成为路。可，这是什么路呀！晴天朗日，游山玩水尚且难行，更何况这湿湿滑滑的雪霁初晴。工人们一如既往，背着沉重的包裹，全副武装，边走边工作，眼睛盯着线路。我则手忙脚乱，气喘吁吁，只顾着前行，刚刚庆幸终于转过一道山梁，猛然间又有一堵峭壁立于眼前，手揪着树枝，脚踩着石缝，心在打鼓，腿在颤抖，脸上的热汗冷汗比河里的水还多，手脚并用，如猿攀附，名副其实的爬山，简直是一寸一寸往上挪，迈前脚，拖后脚，终于翻上山崖，顿觉眼前一片开阔，登顶成功了。

登高望远，山风习习，一路攀登流出的汗瞬间就无影无踪了，回望来时的路，如一条玉带缠绕在大山的腰间，是它把我们和大山紧紧地相连在一起，油然而生的亲近让曾经的恐惧也消失得无影无踪。对这条路、这座山产生了一种敬畏与依恋。人可以一辈子不登山，但你心中一定要有座山。虽然，你不知道什么时候能登上山顶，但心中一定要有山顶。它使你想往高处爬，它使你总有个奋斗的方向，并且，使你任何一刻抬起头，都能看到自己的希望。有目标，有希望，善于爬山的人，从不怕山有多高，路有多险，只是向着既定的方向奋勇前进，不犹豫、不气馁、不退缩，虽知高处不胜寒，却偏要在风寒之中寻伟岸；心里怀有一个坚定的信念，即使再高再陡的山也阻挡不了他前进的步迈。而对于那些不善于登山的人来说，畏途巉岩不可攀，他们往往不知道无限风光在险峰，不知道"奇伟瑰怪之观常在于险远"，更不懂得"会当凌绝顶，一览众山小"是怎样一种豪迈与壮观。

陪同我爬山的除了几位公司领导，还有一个年轻人，办公室秘书小秦，他除了忙前忙后地照顾我，也讲述了他在这条路上的感受与经历。2012年，大学生秦至臻第一次参加巡线。那天，他们上午9点开始上山。山上长着比人还高的荆棘和蒿草。路不好，前几天又下了雨，深一脚浅一脚地踩着满地烂泥，继续向塔基方向走。早上要到指定地点，去得迟了显然不好，要准时，我还想抢在他们前面呢。秦至臻说。那一次，小秦感受最深的是，向下走的时候，风吹得眼睛睁不开，人冷得鼻涕直流，返回时饿得都没了力气。在那一刻，他感觉自己不行了，要累死在那里了。歇了好长时间，紧张情绪才缓了过来。在周红亮和其他同事的一路鼓励下，坚持走了回来。

有了第一次经验教训，再去巡线，秦至臻都记着带点吃的或者糖果。实在累了，就吃一点东西，补充一下体力，缓解一下情绪。"现在，基本上所有的路段我都能克服。但是，走千遍万遍，也不能掉以轻心。山是无情的，悬崖也不认人，只能时刻小心，把每一次都当成第一次，把每一步走好，把每一脚踩实，就没事了。"曾经的文弱书生秦至臻现在很自信地说。

融冰站的同志们都说，去老虎崖32基杆塔那里最艰难，你想想，连老虎都能摔下去的地方有多么险峻！一山有四季，十里不同天。有时刚上了山，就遇到刮风下雨，晚上冷得像冰窖，白天热得烤焦人。有一次，巡线队连续走了六七个小时，大家都很疲惫，腿都在地上拖着。这时候，周红亮忽然说，好像有一只熊在后面。同事们一听，惊心动魄，都有点发怵害怕熊，那家伙，庞然大物，六亲不认，谁碰上谁倒霉！心里紧张，不由得加快了脚步。又走了一会儿，大家觉得没问题了。周红亮又说，熊这种动物会跟踪人的气味，也喜欢在人筋疲力尽的时候再现身。同事们将信将疑，下意识地又有了力气，继续走。一直到了出口，平安无事，大家的心才舒缓下来。看着有人躺在地上长吁短喘，筋疲力尽，红亮在一旁咯咯地笑。他们才明白，这是周红亮用的激将法，和大家开了个大玩笑。

我没有见过熊，却最害怕山里的蚊子。秦至臻说，他有一次参加巡线，晚上在宿营地休息的时候，虽然把自己包裹得严严实实，还点着艾草当蚊香，还是被蚊子咬了，山里面的蚊子特别大，还有毒，被咬了以后，轻的发神经性皮炎，重的使人头晕。结果真犯了神经性皮炎，搞的人奇痒难耐，忍不住用手抓，抓破皮肤还是觉得很痒。

小秦最后说，他家里人听说巡线环境后，心疼孩子受不了这些苦，催他赶快申请换一个地方，或者去西安工作。他觉得在哪里都一样，别的工作也不见得轻松，大城市虽然条件好一些，但那么多车，那么多人，那么大的竞争，那么大的压力，想想就觉得烦躁。这边虽然苦一点，危险一点，但是大部分时间很单纯、很清静。要说起来，融冰站这地方是一个天然氧吧，多待几年，对自己身体也好，还能和这些年龄相当、志同道合的同事们在一起；真要回到家，回到了城市，再不可能有这样简单、质朴、纯净的生活了。

在这个欲望燃烧的时代，人们总爱怨天尤人，总爱怪环境不好，总想换个新地方。人性角度，可以理解。殊不知，你去哪里，无论干啥可能都一样。这可能就是一个人来到这个世界上的意义了。其实，人生的一切境界都是为了让我们成长。顺境如水，滋润内心；逆境如火，陶冶烦恼。水火相济，人生才能由充满杂质的矿石变为纯净的金子。

人的一生，都不容易。生命的弓弦，拉得太满，人会疲惫；拉得不满，人会掉队。人就在快与慢之间困惑纠结，没有一个两全其美、皆大欢喜的方式。凡事有得到的，必定有失去的。相反，有失去的，必定有得到的。由此说来，为了幸福，与其欣赏别人得到的，叹惜自己失去的，不如欣赏自己得到的，叹惜别人失去的。就像红亮经常说的那样：腿好的时候多走路，牙好的时候多吃肉。我现在年轻力壮，多干些活没有啥，有苦有乐也是一种幸福！

幸福是一种有关心灵的感觉。我们常常在仰望和羡慕着别人的幸福，一回头，却发现自己正被别人仰望和羡慕着。其实，每个人都是幸福的。只是，你的幸福，常常在别人眼里，而自己没有感受到。幸福这座山，原本就没有顶、没有头。你要学会走走停停，看看山岚、赏赏虹霓、吹吹清风、淋淋细雨，心灵在放松中得到生活的满足——把人生当旅程的人，遇到的永远是风景！

周红亮和他的同伴就是这样一群风雨兼程的跋涉者！世界上只有想不通的人，没有走不通的路。收拾起心情，继续走吧，错过花，你将收获雨，错过雨，你会遇到彩虹。

第十五章　因为我对这片土地爱得深沉

假如我是一只鸟／我也应该用嘶哑的喉咙歌唱／这被暴风雨所打击着的土地／这永远汹涌着我们的悲愤的河流／这无止息地吹刮着的激怒的风／和那来自林间的无比温柔的黎明／然后我死了／连羽毛也腐烂在土地里面／为什么我的眼里常含泪水／因为我对这土地爱得深沉……

——艾青《我爱这土地》

入冬以来的几场雪，让好多地方变了样，仿佛雪花带着时间穿越千年，在某个古老的时光里与你相见。宝鸡在飞雪的覆盖下变成了糯米色，那片银白唤醒了厚重又静谧的周原，这是古色古香的关中。一个雪霁初晴、天高气爽的早晨，我和周海军、王高红、刘耀辉几个人乘坐一辆商务车，沿西宝高速公路向凤翔县城关镇周家门前村驰去；探寻周红亮的精神母土，向那块灵性的、深邃的、蕴藏着岁月风华的土地表达我们的向往与钦敬。

走向农村，走进农村，似乎是一种心灵的回归，灵魂的升华，满脑子思虑的电网问题，写作问题，似乎在一瞬间清澈，透明。特别是看到农村的河流和落日，嗅到地里的花香和草味，听到鸡鸣狗咬的叫声和鸟儿的啁啾……整个人就会精神抖擞，神清气爽，这是乡土给我的启示和眷顾。对我这样一个常常满心热望，背着故乡行走的写作者来说，农村到处都是生活的源头，到处都是隐藏的宝藏。我像一个贪婪的孩子，一心要目睹她的风采，一心要走近她的灵魂深处。同时，也一心要分担她的不幸与沧桑。巧的是，我们一行人都是从农村出来的，对我们来说，最能励志的，是汲取厚土高天的智慧和力量。

农村是中国文化的母土、中国文明的摇篮，也是中国传统道德教育的肇始之地。即便是古风渐行渐远，传统日渐凋敝的今天，农村对于我仍是一片踏实深情的土地，依然有着极大的向心力，像坐标，像圆心，像一种源泉，可以引发创作灵感，让我汲取创作的神性，学会和自己相处，和土地相处，和自然相处，和内心相处，和孤独相处。如此这般，我写出的文字，就会有了一种安静的力量。

我们行走的，是关中西部渭水之滨的渭河谷地。南面有屏障似的秦岭，从甘肃一路绵延而来的秦岭，到了关中腹地周至眉县交汇处，簇拥烘托出危危高哉如同民族脊梁的太白山，托举着中国南北分水岭的巍巍庄严。渭河在平野的北方，沉沉一线，横穿东西，让这块广袤的土地肥沃而平坦，富庶而安康。公路两旁近处是亭亭玉立、生机勃勃的速生杨林地。林地之后，是从雪野中露出芊芊绿意的平展展的田陌和楼宇与瓦屋相杂的农家村舍，既古老而又透射着发展与缓慢变化的脚步。

车子下了公路，放慢速度开上了一条窄窄的水泥村路。路两旁，有麦田、有果园，还有几个农人在果园里剪枝压绿。果园里有桃、有梨，落尽繁华经霜的果树，遒枝横斜交叉，如同书画的铁划银钩，给人一种线条的美和力度的张扬。这种力度的张扬和线条的夸张，都是皇天后土给予的，因而，来得那样自然，那样朴实。果园掩映中，出现了一簇村落，好大一片建筑群挺立在一望无垠的雪野。屋顶的雪是早已就有消化了的，因为屋里居家的温热，屋檐上的冰凌在滴答着晶莹透亮的水珠，积雪的边缘也在滋滋地融化，阳光下的雪水便泥泞了蛛网似的相互连接的土路。麻雀和喜鹊的喳喳声中，摇落了柳树、桐树、核桃树枝丫上的残雪。不大的工夫，朝南的向阳的地方便将雪白的绒毯变戏法似的化为乌有，湿漉漉的田坡在暖阳下酣畅地呼吸着，氤氲出一片安宁的气象。

　　村街中有一条新筑的水泥路，两边的排水沟经过整治浆砌，显得厚重与坚硬，里面盛着变了颜色的雪，黑乎乎的，似乎与两旁或新或旧的民居形成一种反差与不和谐。平时，我们走进农村，很喜欢沙土路的柔和，或是青石板铺路的古朴，遗憾的是，这种自然和谐已经极为鲜见了。然而，路边西府的民居还是让我眼前一亮，似乎回到了20世纪的上半叶，勾起人对那时田园生活的一种温暖的，但也总有某种酸涩抑或痛苦的回忆。

　　周红亮的家在村中央的繁华所在。房屋南北朝向，门前是一条东西街道。五间桩基上面是两层的楼房，中间的开间是走廊，左右两面是客厅和卧室，是典雅的西府民居。居住着红亮父母、兄弟等一大家人。与众不同的是，房屋的结构无一不透露着审美的匠心；简朴而典雅，深厚而别致。尽管在岁月的风尘中日见斑驳，几乎看不出曾经的原色，但砖雕门饰，木雕门窗却显示着曾经有过的繁华与辉煌，折射着主人的向往与追求。

　　红亮的家庭是普通的，父母也是普通的，是典型的传统的农村

周红亮和父亲在一起

家庭。这样的家庭很多，一枝一叶、一砖一瓦地构建着乡土中国的风景和脊梁。母亲李秋侠勤俭贤惠，一双手，一辈子不停地操持着家务，抚养着儿女。父亲周安绪的话不多，回到家也忙个不停，很少和孩子们交谈。逢年过节，家里人聚在一起，他常说的一句话是："玉不琢，不成器；人不学，不知义。"劝勉几个孩子好好读书，认真学习，做一个对社会有用的人。父亲的话语普通，却大有来头，出自欧阳修家训："玉不琢，不成器；人不学，不知义。然玉之为物，有不变之常德，虽不琢以为器，而犹不害为玉也。人之性，因物则迁，不学，则舍君子而为小人，可不念哉？"父亲和欧阳修一样劝诫子孙要努力学习，提升自身修养，谆谆教诲，告诫后代：人都要经过雕琢磨砺才能有所作为，人的习性是最容易受外面物质环境影响的，若不能时刻磨炼自己，提升学识修养与品德内涵，就会舍君子而为小人了。

红亮说，他参加工作时父亲很高兴，送他报到时只说了一句话：人一辈子都不容易，找一个好工作不容易，找一个自己内心喜欢的工作更不容易，一辈子都值了，要好好干。

红亮说，他刚到融冰站，父亲骑着自行车来看他，临走时说："工作有一条基本规则，就是时时要替别人想想，时时要想想假如我做了他，我应该怎样？我受不了的，他受得了吗？我不愿意的，他愿意吗？你能这样想，这样做，便是好孩子。"

红亮说，父亲话不多，但常常对他和哥哥周翔说："工作不是三分钟热度，图一时热闹，要老老实实，兢兢业业。下苦苦不死人，受累累不死人，干得不好，指头却能戳死人。有了成绩时，不轻狂人不如我；当遇到困难时，也不轻言我不如人。"

红亮说，他平时工作忙，照顾不了家，有时好多天见不到父母。父亲总是说，不要操心家里，自家的事再大，也是小事；国家的事再小，也是大事。父亲病了后，坐在轮椅上，说不成话，看到忙忙碌碌、来去匆匆的儿子，喃喃自语，眼泪一直流。母亲懂父亲，催着儿子走：你爸让你好好干，别给他丢脸！

……

夕阳西下，天际一片灿烂，火红的云霞斜洒在村中洁净的大道上，铺绣了一片金黄。就要离开凤翔老家了！红亮和我们从村中缓缓走出，默默无语，沉浸在浓郁的乡音乡情之中，不忍作别。

　　"黯然销魂者，唯别而已矣。"文采精华的南北朝才子江淹，一曲《别赋》，将人世沉重的羁旅行愁，宣泄于文字，抑塞之情溢于绢素；如怨如悲，如泣如诉，让后人至今动容掉泪。"别"字从刀，血淋淋，泪纷纷，让人感知到最为伤心惨痛的事，莫过于离愁别绪。周红亮不肯上车，他和父母家人，左邻右舍，依依惜别。他每次都是凝重地缓步走出这个与他血脉相连、荣辱与共的村子，只有这样，仿佛才能表达故土在他心目中的神圣与厚重。这是一个对周原文化有着高度认同、有着高度自觉的村落，还是一个把礼义廉耻智慧化、体系化、制度化的村落。几乎每一个人都把积德行善作为人生目的，把好人好事作为人生意义，就像现在农民想着高产，商人想着挣钱，学生想着考好大学一样自觉、自愿。这股浩荡的春风，不知从何时起，但和传统文化的倡导有着直接关系。这个古老的村子，邻里之间待人真诚，每天闲暇时分，村民都爱聚集到周家门前休息、闲谈，共同享受恬静的乡村生活。我们孜孜不倦寻求的，不就是这种诗意吗！

　　在这个灵魂的母土，道德的母土，我们观看着，聆听着，也感慨着。艰难的历程、动人的故事、传奇的色彩、崇高的道德皆潜移默化成周红亮的生命旅程。他的精神风貌、道德准则、人生宗旨，或许，只有诗人艾青的一句诗可以高度概述：为什么我的眼里常含泪水？因为我对这土地爱得深沉！

　　我们应该感谢故乡。

　　故乡是我们生命的第一个驿站。我们带着梦想从故乡出发，漂泊着，蹒跚着，在人生的路上走着，用自己的心力搜寻着理想的契机。外面的世界很精彩，外面的世界也很无奈，只有故乡的目光和语言能拂去心上那层岁月的落尘，使我们真正感到在这个世界上的位置，感到在这个世界上有一个属于我们的精神家园，一个永远也切不断的根。

一个从大地上生长起来的人，就应该具有如大地那般质朴和宽厚的品质。我们不能忘记，在生他养他的母土，周红亮用赤子般的心血，孺子牛般的奉献，构建了具有传统文化符号的视觉欣赏盛宴。就像近日荣获2017年度国家最高科学技术奖的火炸药专家王泽山院士和医学病毒学专家侯云德院士一样，选了个冷门专业，一干就是一辈子，80多岁仍奋战一线，不搞科研就会"犯瘾"；"愿将此一生，贡献四化"，守望病毒"火山口"数十年，从不懈怠……在他们身上，共同体现了干事创业的一股精气神，那就是安下心来、专注起来、迷恋至深的精神。

　　一颗心因何而安、安于何处，是每个人都要面对的人生命题。答好这道题，才能过好这一生。历史证明，真正能让心安定下来的力量，是"虽千万人吾往矣"的坚定信仰，是"千磨万击还坚劲"的坚强意志，是"乱云飞渡仍从容"的坚实底气。有了这种力量，就能守得住寂寞、耐得了清贫、禁得起诱惑。

　　周红亮就是这样的人。在平凡的工作中，他始终认为，只有专心、专注、专一，静心沉潜、久久为功，才能把事业做到极致，才能让生命更加充盈。因而，他的人格形象接地气，有底气，有生气，有才气，折射着的是生活状态，彰显着的是理想精神。我相信，这些心怀敬畏、长存温暖的言行举止会成为文化记忆里的强光亮色，也会点燃我们对传统文化的热爱与尊重。

　　中华文化是传统的，也是当代的；是陈列在过往岁月里的珍宝，也是这个时代活跃的精神脉动。遥望乡村来路，缅怀诗意流年，红亮在打动我们的同时，也向父母、历史和传统表达了自己的敬意。值得思考的是，优秀的传统文化，到底能给我们的心灵留下多少永恒的财富；我们又怎样去发现、思考、传承；我们能否真正继承它的生命本质，光大它的生命本真，实现有扬弃的坚守，并在敬畏中创新。我们对红亮的采访，既是展示，又是倡议；展示西府源远流长的文化属性，倡议更多的人了解宝鸡，理解陕西，热爱文化！在这里，我们应当向周红亮的父母表示敬意！也希望能向周红亮同志学习！上承千年格物致知之风雅，下启一脉弦歌不辍之韵致，做一个有灵魂、有温度、有良知的人，不管这个时代怎么变化，心无旁骛，进德修业——这才是我们眷恋故乡、热爱大地的用心之所在！

第十六章　侧着身子挺立着

真的，我看见过半棵树／在一个荒凉的山丘上／像一个人／为了避开迎面的风暴／侧着身子挺立着／它是被二月的一次雷电／从树尖到树根／齐楂楂劈掉了半边／春天来到的时候／半棵树仍然直直地挺立着／长满了青青的枝叶／半棵树／还是一整棵树那样高／还是一整棵树那样伟岸／人们说／雷电还要来劈它／因为它还是那么直那么高／雷电从远远的天边就盯住了它。

——牛汉《半棵树》

梭罗在《瓦尔登湖》中忧心忡忡地叙述道："要是没有兔子和鹧鸪，一个田野还成什么田野呢？它们是最简单的土生土长的动物，与大自然同色彩、同性质，和树叶、和土地是最亲密的联盟。看到兔子和鹧鸪跑掉的时候,你不觉得它们是禽兽,它们是大自然的一部分,仿佛飒飒的木叶一样。"重读这本书的时候,我在秦岭深处,高山之巅,油然而生地发出了和作家梭罗一样的忧心和感叹,对不起,应该是惊叹。这里不光没有兔子和鹧鸪,用鸟不拉屎形容也不为过,电网施工的艰难程度、危险系数让没有身临其境的普通人想想都感到后怕。

2016年6月16日上午,在秦岭山银洞峡纵深8.7公里处,一支骡马驮队驮着水泥、砂子等建筑材料,在施工人员的照看引导下,忧郁蹒跚地穿越丛林向海拔1252米的山顶上运送。骡蹄声声,空山传响,我想起十万大山里的茶马古道,想起长河落日下的沙漠驼铃,想起朝发夕至、四通八达的交通运输。我不解,此时此刻,这种人骡并举艰苦跋涉的现实意义,也不知道在深山老林里从事这个作业又为哪般?

为什么建设这项艰巨的工程?现任国网宝鸡供电公司党委书记、时任副总经理、工程总指挥冯建业谈起此事依然心潮澎湃、激动不已:"作为银川至昆明国家高速公路(G85)的重要组成部分——宝鸡至坪坎高速公路,被列为陕西省、宝鸡市'十三五'规划重点项目,事关地区发展和人民福祉,是建设关天经济区的重要保障,该项目基建用电和后期用电均在宝鸡电网覆盖区,责任重大。工程建设标准高、工期要求紧、施工难度大。我们倍加珍惜这次宝鸡市人民政府、陕西省交通建设集团公司的信任和重托,本着服务优先、质量至上的原则,成立工程建设领导小组,组织人员赴现场前勘,精心编制施工方案,公司干部职工发扬'特别负责任、特别能吃苦、特别能战斗、特别能奉献的'电力铁军'精神,确保国家重点项目如期建成。"

工程项目主要有哪些?包括110千伏姜城变至池郎沟10千伏供电线路工程,110千伏黄牛变增容改造工程,新建35千伏沙坝变电站工程、35 千伏沙坝输电线路工程,35 千伏平木变增容改造工程、平木变至学堂坪隧道 10 千伏供电线路工程。工程自 2016 年 3 月 10 日开工,11 月 30 日竣工,总工期 266 天。

有哪些单位具体建设这项供电工程?陕西省交通建设集团公司委托国网宝鸡供电公司负责该项目供电工程代建,并在宝鸡市政府见证下签订合同。工程由宝鸡先行电力 (集团) 有限责任公司分包并统一组织,下属负责勘测设计、能源物资、送变电工程、电缆、配电、建筑等,恒胜和银河等 8 家分公司具体实施。

项目建设的难度在哪?作为该工程配套项目的 110 千伏姜城变至池郎沟 10 千伏供电线路工程 (2016 年 8 月 31 日前竣工),从 110 千伏姜城变出线,需在秦岭山顶上建设长 28.3 公里的 10 千伏 1、2 回供电线路 (电缆线路长 1.8 公里、卧虎山隧道至中岩山隧道 T 接供电线路 2.5 公里)。

如果说,在平坦地面上新建变电站、架空线路,按现有技术标准和先进设备都不是问题。但在崇山峻岭、深山老林中建设线路和变电站,哪怕是电压等级再低,也是建设线路工程最为艰难的地方。车辆、人员进山无路,爬山无向导又不具备经验,找当地村民求助给钱都无人愿意进山,无人区各种野兽、"人头蜂窝"随时都能遇到,漆树、狼牙刺、倒钩牛等灌木丛遮天蔽日,手机没信号、在山里迷失方向出不来……这些困难,让自认为有胆量和体格的我,在现场却倒吸了一口凉气,没上山小腿就不由自主地发颤,冷汗顺着脊背直淌。情不自禁地从心里感叹,这哪里是人的作业环境呀?简直是要过野人般的生活啊!

为什么称这个项目是 20 年一遇的"硬骨头"呢?

"1996 年施工建设的 110 千伏宝凤线也在秦岭山上,我和师傅梁勤勤都参与了这项工程,也遇到很多困难,施工环境相当差,细想起来当时的环境也没有这么恶劣。承揽这项工程时听我师傅说,这样的工程他是 20 年来第二次遇到,尤其是姜池线后段工程,比啃大硬骨头都难。"配电工程公司项目部经理马春在现场与我聊起来这样的话题,感慨万千。

"虽有千难万险,各种危险并存,但工程还要按合同计划推进。既然敢挑这个常人都不敢挑的重担,就要打破常规,以超出能力和精力极限在无人区来完成上级交办的任务。"参与施工人员都自信地说,成功的信念在有准备的人脑中的作用就如闹钟,会在你需要时将你唤醒。

"硬骨头"是如何下口的?

考虑到线路的质量和寿命,10 千伏姜池线路塔材和导线在设计时均采用 110 千伏等级。人员上不去山,就拿着撅头、砍刀,背着干粮,一步一步、一寸一寸脚手并用爬山开路,从早上 6 点上山到晚上七八点下山只开出了几十米远的路。目的是一方面准确寻找铁塔基础定位点,另一方面为下一步用骡马驮队往上运送线路材料铺路。

找镇村领导谈赔偿,人家说具体占多大面积说不准,前面这几个山头都是我们村的,你们要去就自己去,从来没有人往那些山上走过,反正危险的很。

上山的小路修好后,为把线路材料运上山,靠人工根本无法往山顶上背材料,只有采用以往的办法——用骡马驮队。项目部先是联系了甘肃的一支骡马驮队,人家过来训练了几天望而生畏信心不足就吓跑了。人家说:安全不好掌握,为挣这点钱,人员、骡马掉下山划不来!无奈之下,项目部又想方设法联系了云贵一家拥有 50 匹以上的骡马驮队,经过反复交涉,才谈妥了整个运输事宜。施工期间因下雨,一匹骡马在驮运中掉下山谷摔死。

山高坡陡,风雨无常,驮队上不去,又请了一家有经验的架设索道队,重新开出了一条 1600 多米的通道,先是从山底下用 2000

姜池线建设过程中骡马驮队驮着材料

姜池线铁塔

姜池线景色

米的索道转运到半山腰，再把驮队从另外一条小路赶上去，装上砂石、水等材料再翻两个山梁往山顶上驮。索道平均一天运送砂石20吨左右，驮队运送8—10吨。每天工人工作时间达14个小时。为节约时间和体力，各施工点人员吃住全在山上，天天都是灰头土脸、衣衫褴褛。施工过程安全最为重要，不管是施工单位、项目部，还是外委工队的安全，集团公司领导时刻密切关注，也多次带队上高山下现场监督检查、看望慰问，现场办公协调解决各种困难和问题。

"回想起刚进山那会儿，身上的肉还是疼的，不过现在都挺过去了，虽然遇到了难以预料的困难，现在都克服了，安全生产都在掌控中,有规律可循,有办法可想,往后就好干多了,进度一天比一天快。"配电工程公司党支部书记柯玉柱自信地说。成功的人找方法,失败的人找借口。成功的人是跟别人学习经验,失败的人只跟自己学习经验。成功不是将来才有的,而是从决定去做的那一刻起,持续累积而成,只要精神不滑坡,办法总比困难多。

"硬骨头"啃下多少?据项目部数据显示,截至目前,姜池线后段共修整便道和驮队小路 47 公里,爆破岩石 1000 立方米,削降土石 2000 立方米,开挖基坑 865 立方米,修筑护坡 148 立方米,运砂子 196 吨、石子 494 吨、水泥 140 吨、水 680 立方米,基础钢筋 26 吨、塔材金具 155 吨、导线 12 吨,参与施工人员 86 人。基础浇筑由当初的一周一基推进到现在的一天一基……

"情定姜池线,三月入秦岭。披荆斩棘苦,只为担重任。三次过家门,亲情心按忍。妇孺催三次,均未入家门。念家思姜池,既来则安之。一天夺三尺,日夜谋进度。七月定乾坤,天堑变通途。"在项目部自建的"姜池后段"微信群中,施工人员以打油诗的形式表情达意,贴切地概括和抒发了项目建设中的点滴情感和亲身体会。

"泥巴裹满裤腿,汗水湿透衣背,我不知道你是谁?我却知道你为了谁?为了谁?为了省市重点建设,为了宝坪高速的光明,谁最美?谁最累?我的兄弟姐妹!"吃饭休息的时候,长夜难眠的时候,常常有人情不自禁地哼起这首歌,很忧郁,很抒情,很自信,这难道不是工人师傅的真实写照吗?正是有了他们的努力和拼搏,有了一线工人的辛勤和汗水,用不了多久,一条银线将飞架秦岭山峰,源源不断的电流将助力宝坪高速建设。但愿,在宝坪高速通车之后,他们的服务,他们的精神会像高速公路那样,联通全国各地、传遍大江南北。

在时任副总经理冯建业的带领下,国网宝鸡供电公司在电网建设领域创造了多个第一、赢得了多项荣誉。建成宝鸡首座110千伏智能变电站周塬变电站;110千伏斜坡堡变电站工程、蟠龙变电站工程等2项工程荣获国网公司创优示范工程,这也是110千伏电压等级电网工程获得的国网公司最高荣誉;同时,110千伏郭家河变电站工程等8项工程荣获国网公司优质工程,宝鸡电网工程建设质量、科技含量、智能化水平不断提升。

海到无边天作岸,山登绝顶我为峰。

人的一生犹如登一座山,不登上顶峰不知道山有多高,而不置身秦岭山脉就不知道一个人有多渺小。同样,不经历挫折和艰难就不知道人的生命有多脆弱。秦岭作证,电力工人超越自我、挑战极限从这里开始。一组组数据显示了施工人员的艰辛和付出,一个个困难被拿下见证了他们无畏的胆识和敬业的精神;没有人不引以为荣、没有人不为之自豪。而这一切,不是无源之水,无本之木,也不是偶然从天上掉下来的,宝鸡历史的积淀、周秦文化的传承、宝鸡供电的精神铸就了这一支大无畏的电力铁军。宝鸡供电,供电宝鸡;先行电力,电力先行。这就是宝鸡供电人的风采。

一花一叶一追逐,一生一世一春秋。面对大山,这是芳草和野花的辉煌;面对苍天,这也是芸芸众生的宿命——平凡中有着生命的底线,艰难中也有着对生活的美好意愿。而,不管多么普通,都是群山的一部分,自有巍峨!

第十七章　既然选择了远方，便只顾风雨兼程

我不去想是否能够成功／既然选择了远方／便只顾风雨兼程／我不去想能否赢得爱情／既然钟情于玫瑰／就勇敢地吐露真诚／我不去想身后会不会袭来寒风冷雨／既然目标是地平线／留给世界的只能是背影／我不去想未来是平坦还是泥泞／只要热爱生命／一切，都在意料之中。

——汪国真《热爱生命》

2014 年正月初五，北风呼啸，寒气逼人，狂风刮起的树叶和沙尘扑打得行人眼睛都睁不开。下午 6 点 40 分，宝鸡市陈仓中心市场台区断电，6 栋楼 400 余户居民摸黑挨冻生活，国家电网陕西张思德（宝鸡陈仓）共产党员服务队队员听闻后迅速行动起来，第一时间赶赴抢修现场。

"服务队来啦！"

"刘队长来了！"

"晚上不摸黑啦！"

黑暗中，心急如焚的大人小孩把"共产党员服务队"围成了一个大圈，七嘴八舌，纷纷诉说家里没电，饭吃不上，人挨冻……服务队队长刘乃军满脸笑意地给大家耐心解释，让队员分头排查。刘乃军是一个老电力，1995 年参加工作，在线路上一干就是 20 多年，担任国家电网陕西张思德（宝鸡陈仓）共产党员服务队队长。20 多年来，他常年奔波在村庄院落，街头巷尾，用朴实无华的行动点亮万家灯火，用共产党员的美德点燃生命之光，用奉献和真情服务千家万户，当地的群众都知道他，很信任他，方圆十几里的老老少少男男女女都称他"刘队长"。

排查结果显示是台区地下电缆故障造成断电。破路抢修电缆时间太长，400 户居民晚上就得摸黑挨冻，"我们是掌灯人，怎能叫群众摸黑挨冻，今晚供不上电，那叫什么共产党员服务队。"党员的责任和荣誉像一团火点燃迎难而上热情的服务队员，小刘、小赵分头行动，从库房搬来电缆，空中架线供电，围观的群众有的从家里拿来手电筒，有的给队员披上棉大衣，有的小朋友把暖手宝送到叔叔手中……刘乃军现场分工，把最苦的活留给自己。

数九寒天，滴水成冰。登杆架线时，呼啸的狂风阵阵吹来，刘乃军脸如刀割。他先用热气哈几下被冻麻木的手，再把手塞进胸前棉衣里暖一阵再干。脚冻得钻心疼，同志们要换他，他看看杆下父老乡亲期盼的双眼，望望摸黑吃饭的兄弟姐妹，数数电杆上乡亲们用手电照的盏盏灯光，信任，渴望，关爱……像一股股暖流传遍全身。终于在凌晨 3 点恢复供电，刘乃军下杆，双腿站不起，群众一拥而上把他架起送到车上。服务队抢修车离开现场，群众把他们送了一程又一程。张师傅对着周围群众感慨地说："我

共产党员服务队服务电动车充电桩

共产党员服务队成员冒酷暑紧急抢修保供电

们有刘队长这样的掌灯人，有这一帮年轻的共产党员，用电一百个放心。"

2015年夏季是极端恶劣天气次数最多的一个夏季，这是持续高温酷暑时间最长的一个夏季……刚刚度过的2015年夏季，对国网宝鸡供电公司干部职工来说，是最具挑战、最难忘的。面对狂风、暴雨、雷电、冰雹、持续高温的频繁考验，该公司一个个硬汉迎"峰"而上、"汗"卫清凉，在拥有370多万人民群众的西秦大地上，唱响了一首首"你用电、我用心"的凯歌！

暑热难耐，不仅仅是对人而言，电网的迎峰度夏也是供电企业每年例行且非常重要的一项工作。在多年的"火热"考验中，国网宝鸡供电公司不断总结经验，积极改进工作方法，强电网、抓队伍、重部署，电网迎峰度夏工作的能力和水平得到了大幅度提升。

3月初，国网宝鸡供电公司就有针对性地开展了春季检修工作，完成五丈原变停电检修等春检任务181项；此外，还进一步加快电网建设与改造，完成110千伏孔明输变电工程投产，贾村变电站主变更换，35千伏横渠变电站升级改造等重点工程任务；大力实施城市配电网综合整治，完成75条线路智能化改造；加快农网改造升级工程力度，新建改造10千伏线路56.63公里、低压线路264.74公里，新增更换配变39台，治理"低电压"1000余户。从主网到配网、再到农网，宝鸡电网更加坚强雄厚。

国网宝鸡供电公司在发挥应急指挥中心"五集三快一强"优势的基础上，一直致力于打造一支专业化的保电队伍。扎实开展冬季、夏季"大培训、大练兵、大比武"活动和各岗位技能达标测试的同时，针对每年夏季频发的狂风暴雨、持续大旱等极端恶劣天气，在输电、变电、配电、电缆、物资等各专业成立了应急保电第一、第二梯队。为提高各保电队伍的应急反应能力，公司还先后开展了电网"迎峰度夏"联合反事故演习、防汛应急演练、无脚本地震应急响应演练等。此外，为提高提升配网抢修速度，公司先后多次召开专题会，分析各环节存在的问题，制定改进措施。7月份，配网平均抢修时长仅为45分钟，跃居国网陕西省电力公司系统第一名。

未雨绸缪，办法一定要想在困难前面。夏季地区用电情况复杂，瞬息万变，国网宝鸡供电公司提前预测电网负荷和用电量，精心编制《2015年度宝鸡电网迎峰度夏工作方案》《2015年迎峰度夏宝鸡电网调度工作方案》《2015年迎峰度夏宝鸡电网设备运维工作方案》等具体措施，认真落实国家电网公司、国网陕西省电力公司对电网迎峰度夏工作的部署和要求，及时召开启动大会，明确"六防止、五到位、一确保"工作目标，要求部门、单位切实负起责任，加强重载变电站、重载线路的监控，加大防汛隐患排查，做好重点输电线路防外力破坏工作，帮助地电公司和客户维护好用电设备，多措并举，做好电网迎峰度夏工作。

4月1日凌晨，狂风暴雨突袭宝鸡；

4月20日傍晚，狂风暴雨突袭宝鸡；

4月25日下午，狂风暴雨突袭宝鸡……

在电网迎峰度夏中，宝鸡人民群众和电力工人印象最深的就是极端恶劣天气"早、多、猛"。每一次都是电闪雷鸣天昏地暗，每一次都是狂风暴雨街道似海，每一次都是树倒线断一片狼藉……面对一次又一次的严峻考验，无论白天还是夜晚，无论周内还是假日，时刻待命的电力调度、电力抢修、电力运行等人员，都是义无反顾，逆行保电。

6月9日夜晚，夹杂着冰雹的狂风暴雨突袭宝鸡，造成多条线路故障，配电运检室的40余名抢修队员，雷霆出击，连续抢修了近20个小时。7月14日下午，宝鸡地区电闪雷鸣大雨瓢泼，陈仓公司配电运检二班、通洞供电所等的抢修队员在接到任务后，连夜抢修完了所有故障。7月22日中午，暴风雨再袭宝鸡，造成大庆路、滨河路、火炬路等地部分客户用电中断，50多名抢修队员兵分五路赶赴各故障点，于当晚恢复了所有故障线路……2015年的夏季，宝鸡电网和抢修人员先后经历了10余次这样严峻的考验。

经历了一轮又一轮暴风雨的考验后，7月下旬至8月初，宝鸡地区37℃以上的"高烧"不退，全市用电负荷持续攀升，日供电量创年内新高，宝鸡电网和电力员工面对更加严峻的"烤验"！为了确保用电高峰期间的安全运行，公司在做好负荷转移、科学安排电网运行方式的同时，输电、变电、配电、农电等专业的600多名职工，每天顶着烈日坚守在保电一线。为了及时帮助客户和群众抢修故障线路，二保抢修班、共产党员服务队、电缆抢修班等班组，坚持24小时值班，即使在正午烈日最强的时候，只要客户一个电话，他们总是一路奔袭；为了减少线路搭接造成的停电次数，在37℃的高温下，带电作业班"宁出几身汗，不停一会电"，积极开展带电作业。这个暴雨与暴晒轮番轰炸交替考验的夏季，对他们来说，日夜奋战是常态，汗流浃背是便饭，他们用责任和汗水守护了宝鸡这座城市的清凉。

600名"电保姆"现身田间保夏收，300名电力人护航高中考，"红马甲"为蔬果基地解决用电难题，电力职工蹲守现场保全国游泳锦标赛用电，连夜出动配合经二路时代广场灭火……5月6日，市人防办送来锦旗，6月2日，第二炮兵宝鸡干休所送来锦旗，6月11日，通力药用玻璃公司送来锦旗，7月7日，凤县山区一名客户送来感谢信，8月6日，宝源物业公司送来感谢信和锦旗……2015年夏季，国网宝鸡供电公司干部职工烈日下的及时抢修和优质服务得到了广大客户和群众的一致赞誉，就连每月国网公司 95598 客服的表扬电话的数量也大幅增加。

……

2017 年金秋十月，中国共产党第十九次全国代表大会在北京胜利召开。

为了确保十九大安全供电万无一失，国网公司要求从各省公司调集精兵强将，同心协力参与保障工作。国网陕西省电力公司高度重视，在宝鸡及各地市供电公司抽调 100 多名政治素质硬、业务能力强的优秀工人组成保电团队，奔赴张家口参与冀北电网相关高压线路的巡视保电工作，确保大会期间北京的电力可靠供应。

接到国网陕西省电力公司通知后，国网宝鸡供电公司高度重视，迅速做出部署。相关部门、单位立即响应，选出具有丰富保电经验的 12 名队员组成保电分队。他们分别是董小刚、雷维斌、范勇、任小龙、晁建辉、宋志刚、上官原野、李江、刘坤、张常、杨光、吴军科，领队由公司运维检修部党总支书记、赴冀北保电临时党支部书记董小刚担任。

2017 年 9 月 29 日下午，国网宝鸡供电公司副总经理王玉民来到输电运检室，代表公司党委宣布成立赴冀北保电临时党支部，并就充分发挥临时党组织的政治核心作用、战斗堡垒作用和党员的先锋模范作用提出了相关要求。

9 月 30 日上午，国网陕西省电力公司召开党的十九大支援保电工作动员电视电话会，公司副总经理王玉民和相关副总师、部门负责人以及 11 名保电队员在宝鸡分会场参加了会议。公司赴冀北保电临时党支部书记、领队董小刚代表 12 名队员在国网陕西省电力公司主会场接旗，受领了这项光荣而艰巨的任务，随后组织完成了支援保电工作各项准备。

10 月 3 日上午，肩负着公司的重托，从运维检修部输电运检室、车管所抽调的 12 名保电队员集结完毕，在经过庄严的宣誓和授旗仪式后，乘车奔向冀北电力有限公司参加支援十九大保电工作。副总经理刘耀辉为支援保电共产党员突击队授旗并欢送队员们踏上征程。

授旗仪式上，公司副总经理刘耀辉指出，保障十九大期间安全可靠供电，是公司当前最为重大、最为紧要的政治任务。这次赴冀北公司参加十九大保电，是公司继支援江西抗冰抢险、北京奥运保电之后，承担的又一项艰巨而光荣的保电任务。12 名队员的使命光荣、责任重大、任务艰巨。在此，我代表公司领导班子和全公司干部职工向你们致以崇高的敬意！

副总经理刘耀辉言之谆谆地强调，这次保电历时一个月，时间长、任务重、要求高、责任大，容不得丝毫差错。要求全体支援保电人员一要树立信心，牢记使命，发扬"四特"精神，以高度的政治责任感全力以赴做好支援保电工作。完成好公司承担的最大政治任务，既是展示公司作风建设和企业发展形象的重要窗口，更是检阅公司供电保障能力和优质服务的重要平台。二要服从安排，听从指挥。在保电现场要坚决听从指挥、服从安排、精诚团结、协同运作，形成强大合力，严格规范作业，切实保护好自身安全和电网设备安全，出色完成好这项艰巨的任务。三要展示作风，塑造品牌。在保电主战场，要做到一个队员一面旗帜，各项工作冲在最前沿、守在最前线，严防死守，充分展示国网宝鸡供电公司拼搏奉献、严谨细致的优良作风，再塑国网品牌。四要强化保障，平安归来。在保电过程中，增强保密意识，强化信息管控，及时与保电工作指挥部联系汇报，落实好各项保障措施，确保组织体系、保障体系、后勤体系协同高效，坚决打赢保电攻坚战，全体队员凯旋平安而归……

有风吹来，火焰一般猎猎作响，接过副总经理刘耀辉授予

电力职工冒高温抢修

的支援保电共产党员突击队队旗，所有队员心
潮澎湃许下庄严承诺：将牢记责任使命，以来
之能战、战则必胜的信心和决心，誓夺保电攻
坚战的全面胜利，以实际行动确保党的十九大
胜利召开，不辜负公司领导和全体干部职工的
重托……

　　心情是激动的，宣誓是庄严的，过程是艰

辛的，成果是圆满的，就像副总经理刘耀辉临行前送上的月饼，甜而且圆；就像北京天安门前绚丽多彩、华光四射的花环。十月的辉煌，国家的盛况，承前启后的里程碑会议，里面不仅有着宝鸡电力人的凝望和祝愿，也有着宝鸡电力人的心血和奉献。

人生的意义在于自身价值的提升和奉献，不论是对一个人，或者是对一个团体，奉献都是一种极具责任、使命和崇高的劳动创造。日常生活中，我们都知道一句话，态度决定一切，但是，实际工作中，考验我们的不仅是态度，而是我们工作的能力和质量。质量是产品的基础，也是做人的准则，更是企业赖以生存和发展的基石。一个有生命、有活力、有能力的企业是有厚重的质量基础做保证的；他们招之能来，来之能战，战之能胜。而这一切来源于他们坚定的自信心，卓越的执行力，以及面对任何困难敢于挑战的勇气。宝鸡电力人就是通过不断的学习和实践，提高自身的素质，掌握有用的本领，大胆开拓，勇于创新，让人生的价值在创造和奉献中得到充分发挥和升华。

人的生命耀眼而光华的部分，是爱，是奉献，是担当，今天的宝鸡电力人就具备了这种崇高精神的所有生命元素，他们在平凡岗位上践行着自己的人生价值，在岁月的风雨中兢兢业业、勤勤恳恳，始终以一种平凡而高贵的工匠精神，默默地承担着工作的艰辛和繁重。他们的行为和美德是中华民族优秀儿女的美的彰显，他们的爱心和对事业的执着，让我们看到这一时代建树"工匠精神"的可能和伟大希望。

第十八章　向一个出海口奔腾而去的决心

　　一路从上游奔腾而来／是来赴悬崖的挑战／飞吧，轰动千山的一纵／把生命扬在半空／乘着最透彻的一刻／已往和未来断然一割／把危机化成了生机／这壮烈的交割典礼／这一去，就是下游了／那一堆狰怪的乱石／全在那下面等我／要把我撞伤，撞碎／撞成飞沫和旋涡／却拦不住我／向一个出海口／奔腾而去的决心。

　　　　　　　　　　　　　　——余光中《飞瀑》

　　我们只有一个地球！

　　保护地球，从我做起。这些话语，对我们来说耳熟能详了，声嘶力竭地喊了多年。但，正因为是喊，喊喊而已，停留在嘴上，环境问题越来越严重。这是大自然对人类的报复，抑或惩罚。环境问题是由于人类不合理地开发和利用自然资源所造成的。触目惊心的环境问题主要有大气污染、水质污染、噪声污染、食品污染、不适当开发利用自然资源这五大类。如果说，古代科学尚未发达，大地子民们对生态的认识有误区局限，做出了一些只顾当前不顾长远的蠢事，情有可原。那么，现代人又如何呢？

自1950年到1980年30年间，全世界有一半以上的森林面积被毁，其中非洲的二分之一林地变成不毛之地。绿色植被是大自然赠予人类的"生命之被"。但是，进入20世纪50年代之后，人和动物赖以生存的绿色环境遭到破坏，绿色植被正在衰退，全球土壤流失现以增加到每年254亿吨，沙漠化土壤正以每年5万~7万平方公里的速度迅速扩展。一个个铁一样的事实触目惊心地告诉我们，环境恶化像恶魔般无情地吞噬着人类的生命、人体健康，制约着经济和社会的可持续发展，它让人类陷入了困境。

地球越来越拥挤，随之而来的是环境污染日见恶化，资源日见匮乏。人们在幸福的追寻中好梦惊醒，不得不回头重新审视人与自然的关系，与自然签下可持续发展的天人之约。可以说，人类的智慧创造了经济的奇迹，无知与贪婪却留下了可怕的恶果，所有的一切无不在提醒着我们：环境保护，迫在眉睫，刻不容缓！

党的十九大报告中提出："坚持全民共治、源头防治，持续实施大气污染防治行动，打赢蓝天保卫战。"国务院也相继成立了自然资源部和环境保护部。国网宝鸡供电公司按照市委市政府有关部署，积极履行央企社会责任，坚持把大气污染防治作为政治任务和头号民生工程，主动作为，积极响应宝鸡"铁腕治霾，保卫蓝天"行动，为政府坚决打赢蓝天保卫战当好攻坚骨干。通过建设坚强智能电网、增加充电桩布点、推动农村"五改"、城农网改造等举措，为助力宝鸡追赶超越、建设最具幸福感城市提供了强有力的电力保障。

新能源汽车充电

众所周知，机动车尾气是形成雾霾的原因之一。现在越来越多的市民意识到了保护环境的重要性，而新能源汽车就成了很多市民的首选。为了帮助新能源汽车尽快在我市推广开来，国网宝鸡供电公司积极开通绿色通道，加紧建设充电基础设施，为新能源汽车的车主们做好保障服务工作。

西安工作的李伟开着新购买的电动汽车高高兴兴地回宝鸡探亲,当行驶到连霍高速眉县服务区附近时,汽车显示电量不足,李伟当即将车驶入国网宝鸡供电公司在西宝高速公路眉县服务区设置的充电站充电,没多长时间,他就开着充满电的汽车继续行程。

"我昨晚没来得及给车充满电,一路上就担心,怕没开到宝鸡车就没电了。没想到现在充电站设置这么合理,解决了我的大问题。"李伟赞不绝口地感叹,"太方便了!太方便了!想不到宝鸡也这么先进。"

方便,普遍,环保,国网宝鸡供电公司对新能源汽车的推广不遗余力,不光是在高速公路上建设充电站,还在市区胜利塬、蟠龙塬景区也安装了电动汽车充电桩,为拥有电动汽车的市民群众提供便利。目前,国网宝鸡供电公司已在全市范围内建成35个分散交流充电桩,同时在连霍高速眉县服务区和宝鸡西服务区设置了4个充电站,安装了16个直流充电桩,5个交流充电桩。此外,公司还加强对已安装过的充电设施运维力度,形成了充电设施全天候运维抢修体系,确保充电设施出现异常情况后,公司15分钟派单完毕、抢修人员45分钟到现场、2小时内修复的工作机制。据统计,截至2017年10月底,国网宝鸡供电公司已服务电动汽车1685次,充电量16676.26千瓦时。

北方的冬天是冷肃的,进入11月,农村地区的很多村民就会早早将炕烧热,坐在热炕上享受温暖,躲避严寒。然而,2017年入冬以后,金台区中山西路街道胜利村的村民家中暖洋洋的,村中却见不到平时烧炕时的黑烟,也闻不到呛鼻的燃烧柴草味。原来,在国网宝鸡供电公司的帮助下,该村许多村民已经用清洁方便的电力取暖代替了过去污染严重的烧炕取暖。

胜利村村委会主任方会平介绍说,过去"老婆孩子热炕头"是关中西府地区农村居民的生活写照。然而,这种用柴草、秸秆烧炕取暖的传统做法却加重了环境污染。近年来,宝鸡市确定了"减煤、控车、抑尘、治源、禁燃、增绿"六项重点治霾举措,强力推进全市防污治霾工作快速发展。在农村地区,宝鸡市还大力开展改电、改气、改灶、改炕、改暖的"五改"工作。胜利村的村民对这一举动大为赞成,并在国网宝鸡供电公司的配合下,"五改"取得了极大的进展。

"从去年到现在,我们村已经有146户村民采用碳晶、石墨烯或者直接用电暖气等新材料取暖,村里的环境比过去干净多了。"方会平说,国网宝鸡供电公司职工经常上门宣传"五改"的好处和优惠政策,帮村民联系厂家,只要村民家的电取暖出现问题,打个电话,辖区供电所的职工就能赶到,极大地方便了村民生活。"取暖的电费还有补贴,特别实惠。"方会平高兴地说。

2017年,国网宝鸡供电公司还主动参与到市环保局及各乡镇"五改"推进工作中,不但多次深入农村宣传,还邀请电采暖厂家现场推介改炕、改暖的产品,并加速对电采暖示范村的建设。目前已完成85个村,截至2017年12月22日,已完成41366户的改电、改暖、改炕工作。

采访时,宝鸡瑞熙钛业有限公司特别感慨并感谢辖区供电所的热情服务。该公司位于陈仓区科技工业园内,主要生产医用钛材、3D打印钛及钛合金材料,因为扩大生产规模,需要电力增容。辖区供电所得知消息后,主动派人上门服务,很快完成增容改造。现在该公司的电能替代月电量约为15.5万千瓦时,减少耗煤56吨,极大地减少了二氧化碳和二氧化硫的排放量,保护了环境。

这只是国网宝鸡供电公司服务企业、助力治污降霾的一个缩影。近年来,公司千方百计摸排电能替代潜力市场,努力构建以电为中心的新型电力消费市场。对这些企业,国网宝鸡供电公司坚持上门服务,并为企业电能替代开通绿色通道,保证在最短时间内帮助企业完成相应改造，为企业当好"电保姆"，确保电力供应可靠有力。目前，公司已滚动修编电能替代重点项目16个，实施项目55个，涉及14个应用领域，目前已累计完成电能替代电量2.75亿千瓦时，提前3个月完成了年度任务目标。

经济发展，电力先行，任何企业的兴旺发展都离不开电力。除了为企业做好电力服务外，公司还投资1.25亿元用于农网改造升级，新建改造10千伏线路近百公里、机井通电工程210项，农村居民户均容量由每户1.17千伏安提升到2.02千伏安，又投入近300万元解决低压客户接入计量表前材料，为居民取暖、电能替代等方面提供了充足电力供应。

心血没有白费，一切的付出都有了丰厚的回报。据了解，2017年前9个月，宝鸡城区空气质量优良天数186天，居关中城市第一。正是有了像国网宝鸡供电公司这样的企业主动作为，宝鸡的蓝天才越来越多。我们有理由相信，通过全市上下齐心协力、共同行动，宝鸡市的防污治霾工作将会取得更大成效。

如果说，公路和高楼是城市的骨架，那么，藏在城市里的电缆和导线，就是支撑城市运转不息的血管，为城市发展提供着源源不竭的动力——国网宝鸡供电公司就是这动力的源泉。公司立足地方，践行企业社会责任，以服务地方经济发展、助力节能降耗治污降霾为目标，凝心聚力、多措并举，为地方经济发展、社会民生创造了良好绿色的用电环境。

走进宝鸡市金台区金河工业园的人会惊喜地发现，陕西东岭工贸公司如火如荼地正常生产，但院子里拔地而起的烟囱却不见再冒黑烟。原来，陕西东岭工贸公司在国网宝鸡供电公司的支持帮助下，新装设了一台具有节能环保作用的电火炉。

陕西东岭工贸集团有限公司是一家有色金属冶炼和压延加工企业，每年产能在1300吨左右。过去，该公司主要依靠煤窑炉进行生产，需要人工控制温度，不但耗费了人力，污染还大。前段时间，陕西东岭工贸公司向国网宝鸡供电公司递交了接电申请，希望将煤窑炉更换成电火炉。收到申请后，国网宝鸡供电公司专门为其开辟绿色通道，原来需要15天的申报流程只用了2天。同时，在公司各部门的协作和努力下，10多天时间，陕西东岭工贸公司的专线电缆就铺设完成，11月23日，陕西东岭工贸公司10千伏增容用电工程顺利入网运行。据了解，使用电火炉后，仅此一项，陕西东岭工贸公司每年可减少约1300吨燃煤，减排二氧化碳3380吨，二氧化硫、氮氧化物和污水也比过去少了许多。与此同时，人员成本也下降了30%，在电火炉精准的温度控制下，成品率比过去提高了不少。

成本下来了，质量上去了，收入增多了，污染减少了。这笔账人人都会算，这种变化人人都能看到。在陕西东岭工贸公司近在咫尺、可感可知的示范带动下，目前已经有十多家企业申请电能替代项目。

服务企业，一视同仁，人人平等。对国网宝鸡供电公司来说，服务支持陕西东岭工贸公司发展进步并不是个例。近年来，公司结合实际，与时俱进，全面贯彻落实《陕西省"治污降霾、保卫蓝天"五年行动计划》精神，以实际行动积极推进节能减排、电能替代工作。主动加强与发改委、环保局等多个政府部门联动合作，出台各种措施积极引导高耗能产业实施"电能替代"，并为其开通绿色通道，不遗余力助力减排治污，收到了良好效果。

不仅仅服务于企业，电力是面向全社会的窗口单位。国网宝鸡供电公司高度重视树立群众爱电护电意识和电力知识普及，在全省率先发起了"爱电日"活动，组织《宝鸡日报》小记者走进变电站并在各大媒体上，以视频、公益广告、漫画等多种形式宣传用电知识和电能替代的作用、优点，积极倡导"以电代煤、以电代油、电从远方来、来的是清洁电"的能源消费新模式。主管领导亲自带队,到省市重点项目、用电企业、社区等地,从煤改电、居民电采暖、电动汽车充电等领域全方位开展了电能替代宣传工作。

近年来,宝鸡的电动汽车保有量不断增长,国网宝鸡供电公司服务先行,在各服务窗口都设置了电动汽车的宣传彩页,详细介绍了电动汽车的优点和相关政策,并为前来办事的车主提供便利。当得知宝鸡市公交公司投用气电混合公交车的消息后,公司营销人员主动上门,针对客户需求提出专用充电线路规划。同时,公司加班加点,在全市范围内加紧建设充电设施。目前,国网宝鸡供电公司已在连霍高速公路宝鸡段四个服务区建成电动汽车充电站四座,预计全年将建40座散布式充电站(充电桩),可满足电动汽车客户的需求。

最近,国网宝鸡供电公司还启动了"电网连万家、共享电气化"主题活动,在市区广泛开展"买电器、送电费、享服务"活动。在农村地区,工作人员走街串户,向居民宣传和解读电气化知识。在凤县,公司大力推广电炊具、电取暖等电能替代产品;在岐山,公司开展了地源热泵和碳晶采暖项目的建设工作……在更多的地方,数不清的电能替代项目正在进行中。

在宝鸡高新区天玺台新式住宅小区,已经用上了电能替代新能源技术——土壤源热泵系统。该项目由国网宝鸡供电公司组成研究团队,提前完成土壤源热泵项目的配套电网建设,并全程帮助客户办理手续,全力配合打造的,是陕西省电力公司打造一个品牌,推行"一地一品"的示范工程,更是陕西省内首家以土壤源热泵实现城市高档小区清洁供暖制冷项目。

那么,小区住户家里暖融融的气息是如何产生的呢?

土壤源热泵项目负责人杜学军自豪地说:"这个小区的冬夏两季使用的是地源热泵系统,通过地下120米深的管道交换土壤里的热量,冬天送暖风,夏天输冷风,既环保又节能。通常地源热泵消耗1千瓦·时的能量,客户可以得到4.4千瓦·时以上的热量或冷量。"随后,记者来到业主党超家,刚一开门,暖风扑面。"像我这180平方米的房子,不用装空调、热水器,也可以享受舒适的温度,24小时的热水,如果按市政取暖收费大概要4000元,而现在这种只要2000多元,很方便,很实惠。"党超满意地说。

像这样的项目只是国网宝鸡供电公司实施电能替代的一个缩影。目前,在此项目的带动下,宝鸡已经建成北部塬区的美林项目、南山浅塬区的天玺台项目、渭河河道的华厦时代、美墅、代家湾商务中心、市中心医院内科楼等地源热泵项目14个,共计121.7万平方米。

日常工作中,国网宝鸡供电公司与宝鸡市发改委、环保局等部门建立定期沟通机制,借助政府的有力引导,创新电能替代机制,全力实施电能替代工作,促进节能减排,缓解城市雾霾。采访中了解到,到目前,国网宝鸡供电公司已完成电能替代项目50余个,替代电量近1.7亿千瓦时。路漫漫其修远兮。我们有理由相信,在国网宝鸡供电公司深入践行"人民电业为人民",坚持以客户为中心、以市场为导向,以电相连、用心服务的新思路下,宝鸡市政府2018年"电化宝鸡"这件大事会办得很好、很精彩。

草长莺飞的时节,笔者来到凤县,爬上海拔2500多米的东河桥山顶,见到了令人惊叹的一幕:在群山连绵的山体上,一个个高80多米的"白色巨人"迎风旋转,看不到尽头,好一派壮观景象。这些凌空旋转、迎风唱歌的叶片,让电线中充满优质而纯净的电力。

从风电项目建设初到现在,宝鸡的电力人一直都在默默付出。项目建设之初,国网宝鸡供电公司就成立了专门的工作组,对服务好风电项目提出了明确的工作要求,并安排专人上门服务,确保了风电项目的早用电、早开工和早发电、早上网。为保证改造电网顺利接入，公司还先后配合升级改造了沿线变电站。现在，凤县风电项目每年可提供清洁绿色能源2000万度电，节约标准煤68800吨，节约发电用水353100吨，这些都离不开宝鸡电力人的努力。

光伏发电是国家支持的节能减排项目，也是未来清洁能源发展的趋势之一。为大力推进光伏发电项目发展，国网宝鸡供电公司主动对接服务，采取多种有效措施，从技术、业务流程等方面，为光伏项目提供优质高效的服务：加强农村光伏发电配套电网的建设和改造，优化普通村民光伏发电项目低压并网审批流程，积极创新举措，坚持"谁受理、谁督办、谁负责"，促使居民客户光伏发电项目早建成、早投运、早受益；优化并网流程，全力做好项目验收和并网工作，坚持以"手续最简、流程最优"的原则提前联系客户，组织相关班组开展现场勘查，现场解答客户对光伏政策的疑问，宣传国家对发电、上网电量的收购电价政策；从受理到申请到方案制定、从现场勘查到调试验收，都主动提供服务，简化审批流程；安排专人上门服务，从接入系统的方案制定到并网检测、调试投运等方面全过程提供"一条龙"服务……

好风凭借力，扶我上青云。在这些电力人默默无闻、全心全意、优质服务的滋养中，一座又一座光伏发电站建设起来，一个又一个光伏发电项目在宝鸡落地生根，带动宝鸡地方经济发展的同时，绿色而优质的电力也源源不断输送出来。国网宝鸡供电公司为地方的经济发展、社会民生创造了良好的用电环境，为宝鸡的城市建设和治污降霾贡献了力量，向广大人民群众交上了一张张为民惠民、绿色发展的新答卷。

我们生活在同一片土地上，我们的内心深处渴望拥有绿色的家园，殷殷之情，拳拳之心，就像大地期盼着绿色，河流期盼着绿色，鸟儿期盼着绿色，花儿期盼着绿色。我看过这样一幅画，画中

窒息的人们正在呼吸着那有限的新鲜空气。尽管他们拥有高楼大厦，生活富裕，但却被滚滚浓烟、层层雾霾包围着。这幅画给人们敲响了一个警钟：人们，珍惜环境吧，保护环境吧！再不采取措施，人类将会自食其果，受到自然的惩罚，付出沉重的代价。

保护环境，人人有责！保护环境，从我做起，从今天做起，从此刻做起。滴水成川，积土成山，重新建设一个春和景明、生机勃勃的绿色家园！这样做，为了惠泽自己，也为了造福子孙，为了地球上的万物。宝鸡电网人义不容辞，义无反顾地走在了前面，整齐的步伐中映射着他们行走在大地上的坚实感。

第十九章　看见山峦就知道自己是山

看见山峦就知道自己是山／寓目雾霭就发觉自己是云／细雨纷飞后感觉自己是草／鸟儿开始鸣叫就想起自己是清晨／我不只是人／星光闪烁时知道自己是黑暗／姑娘们的衣衫单薄时想起自己是春天／当世间所有人散发同一个愿望的气息／才明白我向来安宁的心是属于鱼儿的／我不只是人。

——罗·乌力吉特古斯《看见山峦就知道……》

父亲是什么？

父亲，是创造我们肉身的那个男人，是可以把我们举过头顶让我们骑在他脖子上撒娇的那个男人。父亲，能为儿女顶起一片天；父亲，能为一家人遮风挡雨。父亲很伟大，因为有父亲，我们似乎什么都不怕！因为有父亲，我们的童年充满了无限的美好！也许，这就是中国人情感深处的父亲。当我感慨地对红亮提出一定要挤出时间，孝敬父亲的要求时，偶然读到一篇纪念秦岭深处融冰站一线巡线工毛铁夫的文章，作者毛晓鹏也是新一代的物业公司电力人，他在理解父亲的同时更加怀念父亲。当公司办公室副主任、清清秀秀、文文气气的才女邵瑛把文字交给我的时候，眼眶红红的。我看完以后，情不自禁，几乎也是热泪盈眶了。原文摘录，没有修改，仅做订正；我固执地认为，雕琢的文字宣泄不出这样真诚的骨肉亲情。

大年二十八，晴，风力三级。秦岭。

　　白，世界是一片的白色，天空也好，远山也好。阳光在炫目中带着一圈圈的光晕，融冰站的导线上、电杆上像棉被一样的积雪，在阳光的照射下发出像钻石般的七彩。

　　难得下了两天雪以后，有这么一个晴天。父亲穿着那身洗得发白的劳动布工作服（那衣服是母亲三天前来站上洗的）。

　　他打开站上天气监测设备，录取着今天的气温、风力、环境干湿度等数据，雷锋帽裹着他的国字脸，紧锁的眉头，如同是110千伏的电线杆架中的交叉。我看出了他的焦虑。

　　在我的印象中，十年了，我童年的寒假基本都是在融冰站度过的。已经记不清这是第几次和母亲坐火车上山给他送吃的了。那天，我和母亲提了一篮子的挂面和鸡蛋。还有几本像砖头一样厚的工具书。我们还带来了3条大雁塔香烟和5斤猪肉，这些都是父亲单位领导慰问我们家的，母亲不舍得吃，原封不动的提到了站上。她用整整一天的时间翻洗了父亲所有的衣服和被褥。而我却犯了一个不小的错误，由于失误，将打水的水桶，掉在了井里。幸亏晚上，父母交谈了很晚。好像忘了这件事。

"唉！后天就是春节，天公不作美呀！"父亲的叹息，打断了我。

　　"又要变天了吗？"我小心翼翼地问道，生怕打乱了他的思绪。

　　"看来，春节站上又要集中了，大家今年春节又不能在家过了。"父亲耸耸鼻子，"导线上的覆冰还得增厚"。110千伏的电线杆支架在他紧锁的眉间跳动着。

　　"太好了！看来今年的大年三十又能聚餐了！"我暗自庆幸！想到能吃上各样的美食，心中荡起一阵渴望。

大年三十，小雪，风力三级。秦岭。

　　融冰站的伯伯和叔叔们陆陆续续都来到了站上，雷叔叔已经开始准备晚上的饭菜了。尽管我不停地偷吃不知是谁带来的炸丸子、皮冻和虾片，他却装着看不见。但是对于我这个跑来跑去积极帮厨的小工，他还是比较满意的，还不停地夸奖我干活不错。

　　当夜空中忽明忽暗的闪烁着礼花的时刻，我和雷叔叔将李廷儒伯伯写的春联和大红福字贴在门上。桌子上摆满了不是珍馐的丰盛美味。其实，我已经准备好了鞭炮，迎接父亲他们回来。

　　当我用竹竿挑着鞭炮，亢奋的心情逐渐跌落为疲倦的时候，父亲他们才裹着风雪，带着满身的泥泞回到了融冰站。

　　"噼里啪啦"的鞭炮声驱散了每个人的疲倦。热烈的气氛开始了，他们相互派送着不同品牌的香烟，围坐在桌前。满屋呛鼻的烟草味已经遮盖了整桌饭菜的香味。这些离开家人的男人们尽管嘴上都在埋怨老天不让人在家里过春节，但在每个人脸上会心的笑容里，在他们"师傅"和"兄弟"称呼中，让我感到，男人其实是挺违心的。

　　孤零零的小站，屋内温暖如春，充满了"年"的味道。

正月初二，晴，风力二级。秦岭。

皑皑积雪没有挡住这群男人思家的脚步，他们在忙活了昨天一天以后，陆续都坐火车离开了，小小的融冰站回归了寂静，像极了父亲离家后，母亲窗前的那盏台灯。

后来，我才知道，这群男人们抛妻弃子，来到融冰站，主要为宝成线宝凤段电力机车负荷输出线路进行带负荷融冰和检测等任务。昨天，他们又是巡线，又是融冰，遇到冰害的重点部位，还要进行人工除冰。这座地处秦岭火车站附近的融冰站从前期的设计，安装，到后期的应用实践，是父亲和他的同事们共同完成和建设的。历时多年的运行和摸索，他们不止一次杜绝了输电线路故障，避免了宝成铁路停运。

正月初三，雪，风力二级。秦岭。

当我睁开蒙眬的双眼，父亲脸上挂着雪花，满身披挂着银白色的积雪进到了屋内，掀起一阵寒意。

"小子，睡醒了。都十一点了，你还不起床？"

"爸，又下雪了。你每天早上出去这么早，干吗呢？"

"哦，我每天要巡线，还要到十几里外的监测站抄表。"父亲说。

"这么大的雪，巡什么线？"我满脑子的问号。

"就是因为下雪，导线上结了冰，落了雪，才要巡线呀，线路出了故障，那就是大事了，火车都要停运的。"父亲脱掉蓝色的棉大衣，摘掉棉帽子，脱去满是泥泞积雪的翻毛皮鞋，一边倒着洗脸水，一边回答我。

"导线上结冰了，怎么办？"

"怎么办，导线结了冰就进行融冰呗。如果冰结的厚了，那就很麻烦了，我们就要扛着绝缘杆去打冰，前两天为什么叫叔叔们上来呀，你以为，我是叫他们给你带好吃的，陪你过年呀。呵呵。"父亲走到床边，拿起我的衣服，笑着说。

"这么冷的天，还要走十多里路，那比从咱家走到斗鸡，还远吗？"我接过父亲递过来的棉袄，穿在身上，脑海里计算着距离。"你不害怕吗？你遇到坏人怎么办？"一个新的问题在我脑海里产生了。

"怕什么？荒山野岭，哪里有人呀！除了偶尔能见到觅食的狼，连个人都见不到！"父亲满不在乎地说。

"狼！"本身就对狗恐惧的我，听到这个词，顿时有了精神。"你遇上狼，怎么办？"

"狼有什么可怕的，又不去惹它，怕什么？"父亲系着我的鞋带，低着头说。"狗怕蹲，狼怕戳。但是，遇上他们千万不能跑。你越跑，它越追。"

童话故事里，穷凶极恶的狼的形象，从我脑海里蹦了出来，太可怕了。我再也顾不上问问题了。

正月初四，晴，风力一级。秦岭。

"小伙子，今天，我领你出去转转，你不是想看看我们去哪里玩了吗？记得穿暖和点。"父亲进行完每天程式化的监测，跺跺脚上的积雪，满脸兴奋地对我说："宝鸡市难得看到美丽的雪景。"

我背起这两天爱不释手的军事望远镜，带上像熊掌一样厚实的棉手套，像个将军一样。父亲则背上帆布挎包，军用水壶里灌满开水。我们出发了。

天很蓝，满眼的积雪在阳光的照射下，向我发出诱惑。空气中偶尔飘过原野的清香。我们是沿着嘉陵江出发的。冬日的江水已经干涸，踏着薄薄的冰面，声音是如此悦耳。大自然真的很美，银装素裹，没过膝盖的积雪，已经掩盖住了他们每天一趟的脚步。

"爸，你骗人，这里都没有路，你们每天怎么走？"我问道。

"呵呵，儿子，每天的风像扫把，会把脚印掩盖住的。这条路，早就记在我的脑子里了。"父亲手持绝缘杆，他一边不时地观察天空中像手臂粗的导线，一边不时地进行观察、测量和记录。父亲并不修长的身躯在阳光的照射下，如同矗立在风雪中的110千伏电线杆，笑傲苍穹，擎起银线贯穿着山峦。

我忘记了寒冷，放肆地在雪地里翻滚，严厉的父亲并没有呵斥我。偶尔，提醒我哪里的雪地不能踩，那里积雪太厚，掩盖住了坑穴。

美，其实有时也是残酷的，欣赏美和体会美就真的不是一回事。一个多小时以后，我们爬上东河桥的小山，汗水浸透的内衣，冰冷的刺痛着我，让我兴奋顿失。

"爸，还要走多久？真累！"我抱怨道。

"过了这座山，上去十八盘，就到监测站啦！千万别停下，雪地里一出汗，是会冻僵的！"父亲很轻松的口气里，听不出疲倦，反倒是揶揄我说："刚才不是挺高兴的，怎么？这才走了一半都不到，小子，要多锻炼呦。"

秦岭山口，十多里地的小山顶上，孤零零的一座小屋里，到处都是红色、绿色和黄色的按钮，各种仪表镶嵌在硕大的开关柜上，电流的吱吱声使我充满恐惧，父亲所说的，摸不得的"电"这个怪兽仿佛就在其间。我坐在门口，"哼哼"地喘着粗气，嚼着冰冷、渗牙的馒头，喝一口能冰到脚底板的——开水。（呵呵，这真的是早上烧开的水吗？）"爸，你们每天上午出来，就是到这里来吗？"我向正在记录本上抄抄写写的父亲问道。

"是呀，天气不好时，每天两三趟也有。"父亲仿佛在嘲笑我刚才的狼狈。继续着手中的写写画画。

"我下次再也不来了，一点也不好玩！"我愤恨地扔掉手中的半个馒头。

"玩？这不是玩，这是在工作，你昨天不是还问我每天出去干什么吗？"父亲放下记录本，捡起馒头，拂掉上面的雪花和灰尘，严肃地说："小子，你缺乏锻炼的不仅仅是身体，还有意志力。"

终于，从无聊至极的雪地里回到站上，浑身的疲惫，酸痛的双腿和怅然若失的心情在我一晚上的高烧里无限膨胀，仿佛化学反应般生成了我心中的懊恼。我又一次失去了在这里待下去的耐心。"爸，我要回家，我想爷爷了！"

"回回都这样，一有委屈就想爷爷，你爷爷都把你惯坏了！"父亲生气地说。

"天天都是土豆、萝卜、熬菜。天天吃挂面。没有课外书，又没人和我玩。我想回家。"我提出客观的理由。

"那，那你初七回去吧！初七，雷叔叔把你带回去！不过，不能告诉你妈，说你发烧的事！"从父亲妥协，而后又叮嘱的口气里，我听出了这次的外出是他的预谋，只不过我的生病超出了他的设想。

正月初七，晴，风力一级。秦岭至宝鸡。

绿皮火车"哐当、哐当"的经过了二十多个山洞，车厢里一会儿黑夜，一会儿白天，在我归心似箭的激动中，回到了宝鸡市。

走在喧闹的街道里，一串串明亮的路灯下，看到忽长忽短的影子，我突然又想回到那个冰雪包裹的世界，回到那个坐落在山边的小站。我突然想到了父亲，想到了他眉间，傲然挺立的，那基110千伏的电杆。我突然间，好想再闻闻他满身烟草的味道。

6月26日，晴，无风。家里。

明天就要期末考试了，考完试，就小学毕业了，此时此刻的我根本没有考虑明天的应用题和作文会是什么。躺在被窝里，我已经开始规划今年的暑假会有什么样的精彩。不是我不想睡觉，

影响我的是父亲写字台上那盏刺眼的台灯。好像明天考试的不是我，而是他。他已经写写画画的一个多月了，比我学习用具还要多的各类画规、三角尺占据了大半个写字台。

"少抽点烟，早点睡吧。明天，孩子还要考试！"母亲放下手中的毛线活，埋怨着。"就这么大个屋子，满屋都是烟味。把人当蚊子熏呀。"

"呵呵，你们先睡，这回设计图纸要的急，7月份还要去昆明出差，这些东西都得赶出来。"父亲"咳咳咳"的咳嗽声里充满了歉意。

"又要出差？"母亲敏锐地抓住了重点。

"……局里还没定派谁去，但这些资料是要准备好的。"父亲敷衍地回答道。

"那么，你要是去，能把小鹏带上吗？他考完试，放假在家，没人看，又要出去疯野……"

"好啦，再说吧，出差也是工作，哪能带孩子，你以为是旅游，胡闹！"父亲不耐烦地说。

"昆明！"我猛然从迷糊中来了精神，听说昆明有大象、孔雀，还有可以吃到饱的香蕉。

"要不半年不在家，回家了啥心都不操。"或许，感觉到我还没有睡着，母亲边掖着我的被角，边抱怨。

7月12日，雨，微风。昆明。

早知道，是这么无聊的假期，我还不如待在家里！美丽的孔雀待在动物园的笼子里，庞然的大象到底长什么样，只有天知道。招待所里，我已经被关押了三天了，无聊透顶，唯一一台黑白电视机，还只能看一个频道。除了吃饭，我见不到父亲一面。幸好，我吃到了梦寐以求的香蕉和菠萝。这还是西安设计院的高阿姨给我买的。

7月16日，阴有雨，风力一级。昆明至宝鸡。

终于坐上火车，可以回家了。度日如年的我，迫不及待地想回家了。

"这次昆明方面的领导很重视我们的课题项目，他们会安排我们第二次进行推广和应用。"高阿姨和几位叔叔同父亲在进行交流。

"我们宝鸡局领导也很重视这次交流，所以，局里安排我过来，协助昆明方面进行研讨，如果把成果推广开，在昆明进行实际应用，就太好了。"父亲兴奋的表情，让我感到就像他听说母亲生弟弟的时候一样。

"成都方面也和我们设计院进行了联系，也希望毛工过去讲讲课。"一位带着黑边眼镜的伯伯说。

"刘工，别这么说，我就是一名工人。"父亲不好意思地说，"需要我做什么，我不会保留的。"

"毛工，你们融冰站从1956年开始采用耦合电容原理发展为带负荷融冰，历经这么多年的运行，一定积累了丰富的实践经验。尤其，为我国首条330千伏超高压线路防止冰害，提供了大量的实验数据支撑。"另一个叔叔说。

"是呀，带负荷融冰与三相短路融冰比较，最大的优点不仅仅为防止线路冰害节省了大量的人力物力，而且，在融冰时不中断线路供电，不打乱供电系统的运行方式。这在全国也是首创。我们回去以后，也会报请国家能源部对于你们的创造性技术成果予以认定的呦！"高阿姨说道。

"高工说得对！这次，高工带我们跨地区的推广带负荷融冰技术，大家普遍地认为这项技术操作简单方便实用。而且，从你们的实验数据上来看，耗电量也很低。"眼镜伯伯说。

"我们经过长期的实践，不仅彻底解决了宝凤线110千伏的冰害，保证了宝成铁路大动脉的安全运行，而且我也接到宝鸡局领导的指示，要在 330 千伏超高压线路上进行推广和应用。"说到兴头上，父亲激动的脸庞上洋溢着会心的微笑。他眉间的电线杆也舒展开来。

1990 年 5 月 13 日，晴，微风。宝鸡。

周末，我从技校回来，家里像有什么大事！母亲忙里忙外，张罗了一桌子的菜，父亲兴高采烈地拿出过年才抽的红延安，过年才喝的西凤酒。家里来了一屋子的人。其中，也有我似曾相识的面孔。

"多年的媳妇熬成了婆！能源部给咱们发了奖，今天，伙计们，好好喝喝！"父亲带着会心的笑，眉宇间的高压线架也仿佛挺起了伟岸。他端起杯子敬了大家一杯酒。"感谢伙计们，来，干了！"

"要说熬出头，还要敬嫂子一杯酒，这么多年，是嫂子维持这个家，支持我们的工作。"桌子上有人大声提议。

"我，我不会喝，你们喝。"母亲不好意思了，面红耳赤地说："要说辛苦，家家都一样，你们的付出得到了认可，我再给你们加几个菜。"

从来滴酒不沾的母亲那天也喝了酒。或许是酒精的作用，正在一边帮厨的我，发现母亲红红的脸庞上充满了兴奋，我的脑海里随着她不停地述说，渐渐浮现出曾经发生的事情，那是 1982 年的冬天，父亲已经在融冰站待了两个多月了，五岁的弟弟夜间突发高烧，母亲怀抱着弟弟，领着我去渭滨医院给弟弟看病。我还记得，我们走在昏暗的街灯下，走了好远的路。深夜的医院里阴森森的，长长的走廊里，没有一个人。母亲忙着挂号，找医生，跑来跑去，红扑扑的脸上就像今天喝了酒的颜色。

华灯初上，这顿饭在东倒西歪，喝倒了一片的战果下，结束了。我和母亲送走了客人，收拾着残局。父亲偎靠在沙发上，嘴里一个劲地给母亲道歉，一个劲地对着母亲说着感谢。我看到坚毅的父亲哭了，那个在我眼中坚强如铁的西北汉子竟然流下了眼泪。他眉宇间的电线杆仿佛也被融化了。这么多年过去了，我总感觉父亲当时流的不是眼泪，是酒，是他们用十几年辛勤的汗水和心血酿成的醇香的酒。

4月6日，清明节，阴。

在我的记忆里，春节、元旦我们家没有过团圆饭，父亲几乎没有在家里待过。

每年的十月份以后，一遇到天气变化，父亲就立刻坐上火车奔赴融冰站。没有谁安排他，应该不应该去。天气的变化就是他出发的车票。

没有了父亲身上的烟草香味，家里总像缺点什么。尽管母亲用河南人的勤劳操持着这个家，她一边工作，一边照顾着七十多岁的爷爷，一边照顾我和弟弟的学习。

而父亲则和他的一帮称之为"伙计们"的男人们驻守在融冰站上。一到大雪季节里，恶劣的天气，就是张铁成、李廷如、王恒信、索纪茂、雷维斌、王建全等"伙计们"的集结号。他们翻山越岭。他们爬冰卧雪。他们手拿绝缘杆等工具，巡线、监测、打冰，他们十七年如一日地坚守在不到一亩地的秦岭融冰站，天寒地冻中唯一没有冷却的是他们的责任和担当。

融冰站的生活是枯燥乏味的，是艰苦的。没有水源，他们自己打井。没有取暖设备，他们自己砌火墙，改火炕。物资是匮乏的，他们一个冬天只能吃土豆、萝卜、白菜和挂面。却依然默默无闻地坚守在那个偏僻的小站。尽管，许多年过去了，我记忆深处始终抹不去那个童话般的冰雪世界里的小站。那里，虽然没有童话里的王子和公主的爱情故事，也没有世俗的正义和邪恶的较量。但，那里有一群电力工人用敬业和坚守谱写的责任之歌。

有人说，父爱如山；有人说，父爱若水。水与山其实是一对孪生兄弟。在我的心中，比较倾向于后者，父亲不仅仅是阳刚伟岸，也有着春风化雨。老子在《道德经》中说，"上善若水，水善利万物而不争……"父爱就和水一样高贵，为上善之德，父爱又如同水一样普通，几乎无处不在，让我们震撼，让我们流泪，甚至，让我们无所适从，难以感知。父亲的爱像山里的水一样，一种质地有时却会以三种形态存在——液态之水，淙淙流淌在谷底的小溪；气态之水，漫卷在崇山峻岭之间的浓雾；固态之水，凝结在草木枝叶上的冰霜。水是高山的血脉，也是大地的经脉。不管是流动还是凝结，不管是静止还是蒸腾，在这秦岭之巅，水永远如此，见证着日月轮回，季节更迭，沧海桑田。

父亲的爱，沉沉甸甸，实实在在。没有华丽的词语，没有亲昵的动作，不会直接表达，有时候倒觉得是在斥责惩罚。但，父爱在我们的心中，印得最深，时效最长，感受最涩，受益最大。大爱无言，拥有了父爱，我们就拥有了做人的自尊，也能活出做人的伟岸，就会拥有一份永远不会褪色的至爱亲情。

父爱是本书，是一本永远也读不完的大书。我们应该珍惜着，慢慢地用一生去读！

第二十章　我流成月光，流成星光

我从月亮里流来／我从星星上流来／流自白雪，绿叶，长青的山色／流自山花山鸟自开自谢的芳菲／无人领会的啼啭……

我从哪里流来／我就流向那里／我流成月光，流成星光／流成青山，蓝天，花瓣的缤纷和鸟翅的飞旋／流成一双双弯弯的眉／连着云中雨中远远近近隐隐约约的山／流成一对对清澈的少女的眼睛／闪烁着明天。

——任洪渊《香溪》

"人之初，性本善。性相近，习相远。苟不教，性乃迁。"也就是说，善良是与生俱来的天性。人心向善，善莫大焉。善良的确是一种滋养身心的美德，人和社会都离不开，因而，荀子说："仁义礼善之于人也，辟之若货财粟米之于家也。"古人对善良很推崇："积德虽无人见，行善自有天知。""人为善，福虽未至，祸已远离；人为恶，祸虽未至，福已远离；行善之人，如春园之草，不见其长，日有所增；作恶之人，如磨刀之石，不见其损，日有所亏。""福祸无门总在心，作恶之可怕，不在被人发现，而在于自己知道；行善之可嘉，不在别人夸赞，而在于自己安详。"点点滴滴，方方面面，都在劝导着人们发善心，施善行，扬善举。

那么，善良究竟是什么呢？它是心中的分寸，是言行的适度；是对他人的尊重，是平等与包容。一个善良的人，懂得将心比心，懂得换位思考，绝不会损人利己，损公肥私，也不会消费他人的痛苦与不幸，给伤口上撒盐……

这是一个平凡的家庭，一个幸福的三口之家，他们在做好各自本职工作的同时投身社会公益，施善心，行善举，用实际行动帮助他人，传递正能量，用大爱诠释了一个"最美家庭"的风采和力量。今年40岁的蔡瑞杰和红亮是一个部门的巡线工，也是宝鸡"917"公益服务创始人。去年以来，他们已陆续帮助宝鸡全市200多名贫困孩子完成了自己的微愿望。"我们倡议志愿者和孩子结成一对一帮扶对子，一直关注他们健康成长。"蔡瑞杰高兴地说。

蔡瑞杰的记忆里，父母是村里的热心人。那是1985年，10岁的他和父亲拉一架子车白菜在蔡家坡卖了20多元，回家时看见路边围了一堆人，挤进去一看，原来是一个十来岁高店村的女孩，家里卖鸡蛋攒了20多元钱，拿来买盐、买学习用具，不小心弄丢了，家也不敢回。一时想不通，头往墙上碰，痛不欲生。蔡瑞杰的父亲看到后二话不说把女孩带回家，吃了饭，又让村支书在大喇叭里播放寻物启事。遗憾的是东西并没有找回来，父亲便把当天卖下的菜钱20多元都给了那个姑娘，并把她送回了家。没想到过年时，女孩拿了节礼来家里感谢父亲，说父亲是好人，要认干亲。从此，家里便多了一个干姐姐。

2008年，29岁的蔡瑞杰作为一名优秀的电力职工，被单位派往北京参与奥运会保电工作。在北京的70多个日日夜夜，他心潮澎湃，中国健儿登上奥运会领奖台，升国旗、奏国歌让他情不自禁，激动流泪；来自祖国四面八方的志愿者，自己掏车费远道而来，自己又掏住宿费当奥运会卫士，起早贪黑走街串巷为奥运会净化环境，当翻译……目睹这一切，他们的奉献精神感动得蔡瑞杰热血沸腾。在回家的列车上，他一直在想，志愿者义无反顾地做公益事业，我呢？

这一问，一石激起千层浪。

回到宝鸡后，他就详细了解志愿者、公益组织等概念。起初，跟着别人一起做公益，后来发现做公益不是简单地做活动，而是要有针对性地给予对方帮助，这样才能让帮扶接地气。2013年，蔡瑞杰和伙伴们发起成立了宝鸡市"917公益服务中心"，"917"既是陕西宝鸡的区号，又是国网宝鸡供电公司职工蔡瑞杰发起和组织的志愿者服务队的品牌。这个团队由2008年最初几个人，十几个人，几十个人，如今发展为上千人，帮扶人群超过2万人，是宝鸡地区民间公益组织中较大的一支公益力量。他们用大爱的双手托起人性的太阳，闪烁道德之光，照亮弱者前行，温暖成千上万人的心。

这是一个普通的日子，蔡瑞杰随"917"公益团队的志愿者来到扶风县晨光小学。听老师介绍，五年级同学小郭家特别困难，母亲出走，爷爷有病，父亲智力有障碍，衣食都难以维持。他们六个人来到小郭家，土坑上铺一张脱了边的草席，褪了色的被子旁放了两块用报纸包起的砖头（砖头当枕头用），坑的正面墙上贴了一大片小郭的奖状，门背后挂了两件上衣和一双袜子。老人见他们进屋，含着热泪说："太感谢你们了，别人嫌我家穷，走路都绕着走，你们从宝鸡提着东西专门到我家，叫我咋感谢你们呢？现在社会

积极组织公益活动

太好了，放在旧社会，我这一家早都没命了。"说着指着门背后衣服说："孙儿母亲出走后，他穿的衣服都是好心人送的。"老人又指着墙上奖状说："这些都是我贴上的，有时我肝痛得厉害，一看见墙上孙儿的奖状，我就有一股劲，把三顿饭给娃做熟，让娃赶快长大。"爷孙的困境，他们看在眼里，记在心上，一人捐了50元钱，蔡瑞杰把联系方式记下离开小郭家。

人离开了，心留下了。蔡瑞杰始终把小郭一家挂在心上，经常给小郭送学习用具，救济衣食。小学毕业，小郭成绩高出普通中学录取分数线100多分，离宝鸡一中录取分数线却差1.5分。家里传来消息，没钱上学怎么办？父亲当年的善行善举故事立刻浮现在蔡瑞杰的脑海。现在他作为一名电力职工，条件比过去好，更应该为更多的"小郭"营造学习生活蓝天，把人间爱用汗水浇灌，用心血滋润，用行动耕耘，用语言播种，于是，他东奔西走联系贾村塬一所希望中学，学校愿意接收孩子，但生活费400元要自理，蔡瑞杰不仅每月400元提前送到，而且经常去问寒问暖，"917"公益团队送牙膏、洗衣粉、卫生纸、衣服、鞋袜……从2013年9月到现在，蔡瑞杰支付一万多元。他说："我每去一次，看到光荣榜上有小郭，那种开心和幸福感真是用语言难以表达。"

救助辍学者，不仅是燃烧生命之火，而且是点亮希望之灯。蔡瑞杰从中悟出一条道理，奉献是人间大道，众人拾柴火焰高。2013年，蔡瑞杰成立了宝鸡"917"志愿者公益服务团队，"竹子"是他的网名，通过QQ群，微信群，招募志愿，并开展各种公益活动。

"竹子"发消息啦，为凤翔县唐村乡孤儿院开展献爱心公益活动。消息传开，"917"志愿者奔走相告，上午9时40分，在市文化宫广场集合，团队中有电力职工、政府公务员、医生、教师，也有老人、小孩和大学生，还有救助过的残疾人，他们身穿"917"红马甲。由11辆私家车组成的团队，来到唐村乡孤儿院，这个孤儿院有12

名遗弃的孤儿，最大的26岁，生活还不能自理；最小的3岁，还不会说话。车一到，孤儿院立刻沸腾起来。孩子们不会说话的跳起来，不会走路的爬到车前向叔叔阿姨磕头……这是我带的米、这是我带的面、这是我带的油、这是我带的学习用具和体育用品，这里还有我带给孩子们喜欢吃的美味零食……"917"团队专门负责统计的权丁莉姑娘说：这些慰问品至少有3000多元。为了解决孤儿院米、面、油及生活用品，团队实行AA制，从2013年开始，每三个月买米、面、油和生活用品送一次。去年7月宝鸡演马戏，他们从凤翔把孩子们接到现场看演出。冬天，孤儿院没钱购买取暖煤，"竹子"在微信、网上发消息，不到一个下午就收到捐款4000多元，买3吨煤的钱够了。送无烟煤的师傅知道这情况后，自己掏钱买了1吨煤又送到孤儿院。他说："你们和孩子们无亲无故，却这么好，感动得我晚上觉都睡不着，没多还有个少，这一点心意我一表示，觉得开车有劲，走路也觉得眼睛亮得多啦！"

根之茂者其实遂，膏之沃者其光晔。被群众称为"及时雨"的"917"公益团队，影响越来越大，活动越来越多，社会各界广泛参与。他们合理安排，具体分工，凡是有工作的，周末参加活动；周内有活动的，则交给退休在家或者时间机动的队员来承担。团队根据队员各自特点，划分为教育小分队、医疗小分队、演出小分队、心理咨询小分队，每次根据活动对象不同，需要哪个小分队就通知哪个小分队参加，活动特点也由公益个人向公益家庭发展。每个周末，每个重大的节日、纪念日，大家都按照约定的时间和地点赶到宝鸡市工人文化宫广场，根据团队安排参加献爱心公益活动。2015年2月，宝鸡市金台区社会组织发展服务中心，专门为团队提供办公地点，从此，"917"迈出了由民间公益组织向正规化组织发展的坚实步伐。

六一儿童节到来之际，"917"携手金台区社会组织发展服务

募集过冬衣物现场

中心，为金台区58名困难儿童开展一帮一活动，邀请孩子们中午在麦当劳共进午餐；宝鸡市硖石镇林家村有一户困难家庭，父女两人，父亲患半身不遂七年，生活不能自理，女儿在上初三，"青青草圆梦"来到她家，生活上解困，精神上鼓励，泥潭中的姑娘走出困境考上了高中，在"917"这块热土上茁壮成长。宝鸡新星流浪儿童中心一直是宝鸡义工团队的定点帮扶对象，"917"积极加入行列，定期到新星流浪儿童中心逐个了解孩子的愿望："叔叔，我要铅笔、橡皮擦、我要写字。阿姨，我要彩色笔画画。爷爷，我要一双白色的鞋。奶奶，我要一顶红色帽子。叔叔、阿姨、奶奶……"有求必应，各尽其能，"917"队员为这些并不奢侈的愿望画上了圆满的句号。

陈仓区新街镇延安小学全校六个年级，164名学生，他们对孩子愿望需求逐个登记，发在QQ群里，志愿者一对一认领圆梦，不仅送去书包、衣服、学习用品，还陪孩子们做游戏、讲故事。去年暑假，为满足西山小学孩子来宝鸡旅游的愿望，他们就和老师、家长联系，把孩子接到宝鸡，参观青铜馆、看电影、游览公园……所花费用，认领者平摊，一人20元。"917"救助过的一对残疾修鞋夫妇，坚持要掏20元，大家劝他们免了，结果他们哭了起来："是大家给了我生活的信心和勇气，现在我不再自卑，反而活得很充实，很快乐。你再不要，就是看不起我！"最后，在大家一片掌声中，收下了这沉甸甸、热乎乎的20元钱。凤翔县柳林亭子小学一名五年级学生，穿上"青青草圆梦"送的一双鞋，高兴得在操场跑了几个圈，回去脱下又穿上他的布鞋，用衣服包好带回家，见人就夸他的鞋。他奶奶抹着眼泪说："孩子睡觉也要把鞋放在枕头边，醒来就摸他的鞋。"蟠溪镇小学、西山赤沙镇西峰小学……哪个学校的孩子有愿望，哪个学校就有"917"队员的身影，为他们圆梦，唱响人生的旋律……

老吾老以及人之老。

敬老爱老，"917"公益团队不是亲人胜似亲人。国庆、中秋节、腊八节、春节，"917"公益团队组织各方志愿者去福利院、敬老院。医疗小分队、演出小分队、生活小分队、心理咨询小分队，为老人体检身体，有的给剪脚趾甲、理发、洗衣服，有的讲党的爱民惠民好政策，有的给孤寡老人讲开心愉快的故事。尤其是中秋节，团队成员都会提前买好食材，准备好饺子皮、饺子馅和老人一起包饺子、煮饺子、吃饺子，吃完给老人唱喜欢的歌曲和秦腔戏，欢声笑语经常使老人高兴得喜上眉梢。敬老院领导说："你们比他们子女还要尽心，他们没做到，你们做到了，真是比亲人还好！"

2014年1月11日，春节前夕，他们一行人翻山越岭来到宝鸡市晁峪乡固川敬老院，看望这里的孤寡老人，为他们送去了过年的物品。陪护的过程，发现一位老人坐在床上，望着天花板流泪。通过打听问询，才知老人中年丧子，老伴不在了，孤独一人，看见这些年轻志愿者就想起自己亲人。知道隐情后，"917"公益团队有二位志愿者主动拜老人为干妈，过年过节，常来常往，送东西打电话问寒问暖，亲得像一家人似的。王院长说："你们的行动为老人治好了心病，人也精神了，还能帮助院里照顾其他老人。我背后有你们"917"支持，敬老院来人再多我也不怕！"

硖石镇杨家漕村有一位姓杨的残疾人，常对人说："国家给我救济，我不能光躺着吃国家的救济金，我腿残疾但我手好着。我做梦也想务一个樱桃园。"村、镇知道他的愿望后，给他免费供应樱桃树苗，但他还是高兴不起来，谁来栽苗呢？在他发难的时候，有人给他说"竹子"一叫就到，人称老百姓的"及时雨"，他通过朋友将栽树苗求救消息告诉"竹子"，蔡瑞杰知道后，立即组织志愿者来到杨家漕，水不喝一口，烟不抽一根，挖坑的挖坑，抬水的抬水，大家干得热火朝天，一天时间就圆满地完成了樱桃树苗的栽植。"杨师，你用心务，有什么需要一个电话我们就来了。果子成熟了，我们一人买一点，你还不够卖呢！"听了蔡瑞杰推心置腹的一席话，激动得他双手抱拳上下摇动："太谢谢了，太谢谢了！有你们'917'公益团队，我会和别人一样自强自立，让门前屋后四季常青，樱桃成园。"

　　"竹子"蔡瑞杰和"917"公益团队善行善举的正能量感动了社会，感动了亿万人的心，蔡瑞杰先后获得"宝鸡市优秀志愿者""宝鸡市优秀党员""陕西省优秀志愿者"称号、"陕西省最美志愿者""陕西助人为乐好人"称号、"陕西省电力公司五四青年"等荣誉，"917"公益团队也荣获2014年度、2015年度宝鸡市志愿服务先进组织，其中公益项目"青青草微愿望"获得优秀公益项目。在宝鸡市第四届道德模范颁奖台上，他的演讲《我的工作、我的公益、我的梦想》感动全场，掌声不断。面对荣誉、掌声、鲜花、笑脸，蔡瑞杰很平淡地说："公益做多了，心态就好了，在帮助别人的同时也收获了快乐，能和家人一起做喜欢做的事情是件再幸福不过的事情。小家幸福那是小幸福，只有社会大家庭幸福才是大幸福！"这也正是蔡瑞杰一家人的共同心声。

　　我始终认为，衡量一个人、一个时代的标准认知应该是善良。一个人只要胸怀悲悯，心存善良，任何事情都可以建构。诗人王尔德说过："善良的有教养的人能在美好的事物中发现美好的含义。这是因为美好的事物里蕴藏着希望。"善良的人看什么都很美好，看到图案自然就会想起花朵，看到孩子自然会想到疼爱，看到老人自然会想到尊敬，看到利益也会想到别人。而冷酷的、冷漠的、居心险恶的人看什么都很可疑，看到花纹会当成眼睛，看到笑脸会当成嘲讽，看到利益会想到攫取，看到成功会想到阴谋……

　　初见是水，再回头已是大海——这就是慈善！

第二十一章　那幸福的闪电告诉我的

从明天起，做一个幸福的人／喂马、劈柴，周游世界／从明天起，关心粮食和蔬菜／我有一所房子，面朝大海，春暖花开。

从明天起，和每一个亲人通信／告诉他们我的幸福／那幸福的闪电告诉我的／我将告诉每一个人／给每一条河，每一座山／取一个温暖的名字／

陌生人，我也为你祝福／愿你有一个灿烂的前程／愿你有情人终成眷属／愿你在尘世获得幸福／我只愿面朝大海，春暖花开。

——海子《面朝大海，春暖花开》

中国文化特别推崇"和谐"，理念是"中和为美"，境界是"和而不同"，表现在实践上就是"中庸之道"。当然了，它和待人接物的

庆"七一"主题党日活动

平庸、圆滑、消极大相径庭，不能同日而语。古人崇尚的和谐是对立事物之间在一定的条件下、具体、动态、相对、辩证的统一，是不同事物之间相同相成、相辅相成、相反相成、互助合作、互利互惠、互促互补、共同发展的关系，这是辩证唯物主义和谐观的基本观点。总之，和谐是指对自然和人类社会变化、发展规律的认识，是人们所追求的美好事物和处事的价值观、方法论。而和谐社会,是指一种美好的社会状态和一种美好的社会理想,即形成全体人们各尽其能、各得其所而又和谐相处的社会。

国网宝鸡供电公司党委以习近平新时代中国特色社会主义思想为指引,全面落实上级各项决策部署,突出全面从严治党主线,坚持党的领导,加强党的建设,实施"旗帜领航·三年登高"计划,党建工作强根铸魂,凝聚了队伍的向心力,提升了组织的战斗力,激活了发展的原动力,为公司各项工作实现创新突破提供了坚强保证。2016年以来,公司党委认真贯彻落实陕西省电力公司党组工作部署,坚持"开放、包容、服务、和谐"的工作理念,结合"班组建设双提升(提升班组工作效率、提升职工业务技能)"工作,将和谐、文明的职工文化品牌扎根基层,为职工创造"两个温馨家园(职工温馨工作家园、职工温馨生活家园)"的工作生活环境,实现职工个人与企业共同发展,加强精神文明建设,坚持开展"道德讲堂",组织开展企业文化进基层、进班组、进站所、"学雷锋"志愿服务、评选"十佳好媳妇""十大孝子""四德模范"等活动,倡导"善小"行动,引导公司上下自觉践行核心价值观,让职工快乐工作,愉悦生活,实现了光明与文明相辉映。

多年来,国网宝鸡供电公司党委始终坚持"机关服务基层,管理服务一线"和"一线工作法",主动倾听职工心声,积极了解职工需求,搭建平台、营造环境,采取多项举措,助力职工成长成才,不断提升企业提质增效创新服务效能。在大营销体系突出大服务理念,坚持以市场为导向、以客户为中心,注重打造服务党建品牌。对内,以"六联"模式(组织机构联建、组织生活联过、岗位技能联训、业务工作联帮、增供扩销联手、优质服务联动)组织实施"开放式"组织生活,建立高效协同服务机制,打破专业壁垒,深化业务协作,提升工作效率;对外,以"六结对"模式(组织结对、党员结对、服务结对、管理结对、文化结对、业务结对）组织开展"支部共建"活动，与大客户党组织深化结对共建，形成资源共享、优势互补、业务共促的党建工作新格局。在采访中，谈及工作家园建设，国网宝鸡供电公司营销部管理专责张伟说："这次班组建设工作执行的效率和落实的效果，出乎我们的意料。从为班组工作减负到整合班组内务管理，工作量减少了一半，报表减少了很多，从班组建设检查的效果看，很不错。"

围绕国家电网公司核心价值观，把职工的温馨家园建设成"成长平台、提升擂台、建功舞台"的七彩家园。国网宝鸡供电公司通过讨论凝练与班组专业发展相一致的共同愿景，依托职工小家，凝练班组作风，打造班组品牌。强化专业人员岗位素质和业务技能，注重职业道德和职业操守教育，持续开展各类竞赛调考，推进生产岗位必备技能达标测评、金牌技术工人测评等多种形式，切实提高职工业务技能。坚持"人尽其才、才尽其用"原则，建设员工发展职务、职级"两个通道"，建立员工档案，记录员工工作业绩，让员工能够在自己的普通工作岗位中看到未来和希望，做到"想干事的给岗位、能干事的给待遇、干成事的给职位"，从而使员工在快乐工作的同时，自觉地把自己的前途与企业的发展紧紧联系在一起。开展班组同业对标工作，发挥班组标杆引领，结合安全活动日，创新开设班组微讲堂，开展"讲现场评安全、讲业务评技能、讲道德评作风、讲创新评实效、讲小家建设评和谐"的"五讲五评"活动。

如今，从生产一线到后勤班组，每个班组、每位职工都享受着"两个温馨家园"所带来的便利、舒适，为班组职工配发工作服、安全帽、绝缘靴等劳保用品；改善基层班组办公生活环境，优先为基层班组更换老旧桌椅、电脑等办公用品，积极解决班组结构性缺员等问题……一条条措施的执行，一项项工作的落实，减轻了班组负担，加强了班组管理，夯实了班组基础，受到了广大职工的欢迎。

"亲爱的妈妈。此生做您的女儿好生幸福，如果有下辈子，我还要做您的女儿……"

　　"亲爱的爸爸，您辛苦了……"

　　言为心声，情动于衷。这些质朴无华的话语出自第22个国际家庭日到来之际，国网宝鸡供电公司开展的"陪着爸妈去游园"暨职工摄影活动现场。大家感慨地认为，家是避风的港湾，在你身心疲惫时，为你遮风挡雨；家是欢乐的港湾，在你心情沮丧时为你散播欢愉；家是温馨的港湾，在你寒冷无助时为你敞开胸怀。

　　为积极促进企业文化与家庭文化有机融合，国网宝鸡供电公司一直引导广大职工把家庭文化贯穿于班组和职工小家建设之中，融入班风、家风建设内容当中；把对家庭、对家人的爱延伸到对同事的友爱、工作的热爱，转化成为企业努力成才、建功立业的不懈追求。

　　在今年构建的"两个温馨家园"活动中，公司党委和工会围绕社会主义核心价值观，围绕把职工生活家园建设成"健康相伴、平安相随、和谐相依、爱的港湾"的主题，先后组织开展了孝行天下"十大孝子"评选、"爱与幸福相随"亲子教育沙龙、"健步走""阳光工间操""圆梦之旅"摄影展、"美食美客"厨艺秀等20余项活动，全方位为职工打造温馨的成长氛围。

　　关心员工从心开始，国网宝鸡供电公司引入专业心理学、法律常识知识，将培训知识与企业实际情况相融合，探索开展员工心理关怀等工作，多角度、多渠道地加强心理健康知识宣传，帮助员工正确掌握心理知识，关注心理健康，缓解工作、生活和人际关系等方面的压力，结合"读书分享会""诗歌朗诵会"等形式，立体式地向广大员工输送健康的精神食粮，丰富一线职工生产生活。

　　关心员工从生活开始，特别是困难员工的生活，让员工的权益得到保障，劳动得到回报，生活得到改善，加大投入力度，完善工作、生活、文化、娱乐等配套设施，努力改善生产、生活环境，提高员工的生活质量、生活品位以及对生活的满意度和满足度。

"我们有了'家园'，但是怎样才可以把我们的'家园'建设得更加美丽温馨，这就得靠我们从实际出发，扎扎实实地动起手来。"国网宝鸡供电公司工会的吴涛主席不止一次地对我说，"我们经常组织员工利用空闲时间召开'两个温馨家园'座谈会，群策群力，集思广益，发挥职工的群体智慧，让我们共同生活的家园更加美好。"

"美好不只是物质，和谐也不只是人际关系，如何让幸福温馨的生活更有内涵，更有意义，才是我们党建工作的价值旨归。"喜欢传统文化，喜欢读书写作，喜欢冷静思考的国网宝鸡供电公司党建部主任张江涛对此深有感触。他认为，文化不仅是民族的灵魂，是企业的灵魂，也是党建工作的灵魂。在公司党委的系统安排下，深化卓越文化传播，组织选树"最美国网人""讲述身边卓越故事"等系列活动如火如荼，建设文化长廊 4 条、文化广场 1 个，精心制作微电影《秦岭山上的望远镜》，组织编撰文化丛书《心向光明》《融智·超越》等，以有形载体积极传播企业精神，提振了公司上下的精、气、神。党建工作部一直在研究探索企业文化与班组建设的最佳融入点，开展 1+N 企业文化环境建设，开展"党建工作 + 项目"的活动，固化形成了党委理论中心组学习、数字化党建工作室、"党员之家"实体化阵地建设、开放式党组织生活以及党建工作绩效考核评价体系等一批典型案例成果。

坚持党建带工建、党建带团建，全力支持工会和共青团组织创造性地开展各项工作。大力推进"金牌技术工人"评选、"巾帼建功立业""职工小家"建设以及"青字号工程"系列创建活动、青工技能竞赛等活动，全方位激励职工岗位建功、创新发展，公司各项成绩斐然，同业对标遥遥领先，上半年同业对标保持公司领先，管理对标排名第一，业绩对标排名第三。队伍素质大幅加强，周红亮

主题活动

获得"全国劳模""国网公司特等劳模"等荣誉；蔡瑞杰荣登"陕西好人榜"。创新意识大幅提升，1项获得国网科技进步特别奖，1项获陕西省科技进步一等奖，3项获得国家专利授权，13项在国网陕西省电力公司、省电力行业协会获奖，《降低信息四级网故障时长率》QC成果荣获国网公司一等奖。与此同时，共青团建设齐头并进，团委获国网公司"五四红旗团委"称号，输电运检团支部获陕西省国资委"五四红旗团支部"称号；蔡瑞杰获公司青年"五四"奖章。刚刚过去的2017年，职工技术创新获国家发明专利2项、国家实用新型专利4项、"全国质量创新大赛"一等奖1项，荣获全国现场管理星级评价"五星级现场"1个、"四星级现场"4个，"全国优秀质量信得过班组"3个、"陕西省质量信得过班组"7个、"陕西省优秀质量管理小组"一等奖4个，3个共青团集体获国网陕西省电力公司、宝鸡市表彰，3名青年获国网公司、陕西省、国网陕西省电力公司表彰。

　　党组织的先进性、凝聚力和战斗力不仅在国网宝鸡供电公司内部凝碧集锦，流光溢彩，而且在确保党的十九大、李克强总理来宝鸡视察期间I级保电任务时一次次熠熠生辉。党建不只是在公司内部，而是一念心驰，折射在工作生活的每一个细节中。我们快要结束谈话的时候，喜报又传，国网宝鸡供电公司在精准扶贫中，积极援助村组道路硬化及农田灌溉工程建设，实施光伏发电并网工程，购买贫困户滞销苹果、西瓜等，驻村工作队被扶风县评为"优秀驻村工作队"。这种敬业乐群、惠泽一方的企业精神在宝鸡市城市建设发展的进程中凸显出独有的魅力，赢得了各级政府和社会公众的情感认同和价值认同。2017年以来，公司基层党组织引领力、向心力显著增强，22个党组织和个人先后荣获国网公司、陕西省电力公司、陕西省、宝鸡市党建工作先进集体和个人。荣誉是成就，荣誉是动力，但也是责任和压力。公司原党委书记王高红对此很清醒,很低调,也很冷静,他始终认为,党建工作任重而道远,还须继续,还在深化,还在延伸,并力争打造出规范化、标准化的"宝鸡模式"。

日常生活中,我们常常说,和和美美,这是一种极具普世情怀的精神向度。家和才能万事兴。这也是一个朴素的颠扑不破的真理。企业也一样,国家也一样。我们这些年一直在强调和谐,强调可持续发展。其实,和谐是一种天地人道法自然的社会关系,包括人与人、人与物、人与动物,等等。比如,人与动物,宠物不算,就是自由自在的鸟儿、自由自在的鱼儿,也都喜欢与人亲近,视人类为朋友。无独有偶,人性是相通的,对美好事物的向往如出一辙。西方也有着"和谐"的理念。哲学家毕达哥拉斯认为,"整个天就是一个和谐"。赫拉克利特认为,和谐产生于对立的东西。文艺复兴后许多思想家都把"和谐"视为重要的哲学范畴,马克思真正把握了"和谐"理念,提倡社会和谐。

要建设一个和谐社会,必须明确什么是和谐社会。和谐社会是一个系统的概念。从理论上说,是社会各个阶层和睦相处,社会各级成员各尽所能,使人民的聪明才智得到全面发挥;是经济社会协调发展的社会,是人与人、人与自然协调的社会。简而言之,和谐社会是一个稳定的系统,有效的系统。而在国网宝鸡供电公司的认知中,和谐社会是一个以人为本的社会,是一个可持续发展的社会,是一个大多数人能够分享改革发展成果的社会。他们是这样想的,也是这样做的。在他们眼里,"和谐"不是一门可以细致讲解的技术,它是一种潜移默化的微妙力量。它是人与人之间交流的润滑剂,它是企业向前发展的助力剂。一个人,一个团体,一个地域,一个国家,若是拥有了这种特质,它的路便会更加通畅,它的天会更加蔚蓝,许多紧锁的门都会为之打开,许多焦渴的心会绽放灿烂。

《六祖坛经》上说:"一切福田,都离不开心地。心田上播下美好和谐的种子,总有一天,会开花结果。"对一个人来说,生命是一种回声,你把和谐给了别人,终会从别人那收获美好;无论你对谁好,从长远来看,都是对自己好。团体、系统、国家也一样,投之以桃,报之以琼瑶。愿国网宝鸡供电公司把"和谐社会"的理念一直坚持下去,把"两个温馨家园"一直构建下去——只问自心,不问得失;只行耕耘,不问收获。

其实,一路芬芳,一片丰硕,一片和谐,已在他们的身后相依相随!

第二十二章　躬逢这加冕典礼

夕阳西返时没有人看见／只有我一人和大地／参观这壮丽无比的盛典／看他凯旋归去。

旭日涌现时没有人看见／只有我一人和大地／还有几只无名的陌生小鸟／躬逢这加冕典礼。

——狄金森《日落和日出》

有人说，爱上一座城，是因为城中住着某个喜欢的人。其实不然，爱上一座城，也许是为城里的一道生动风景，为一段青梅往事，为一座熟悉老宅。或许，仅仅为的只是这座城。

我知道，这是风华绝代的才女林徽因先生的感受。愚钝如我，自然不会这般优雅真切。但，我深信从学生时代起养成的习惯：对

第二十二章

261

暮色苍茫看电网

自己不甚了解的事物，要细心感知，多方了解。几个月来，我走过了宝鸡的很多街巷城乡，感受到了宝鸡的历史遗址、风土人情、能源开发、工业生产、生态保护，我花了不少笨功夫，只为慰藉我对农村浓郁的依恋之情，还有发自心底的写作兴趣，及电网产业工人的热情与质朴，更为本质的是还有一个难以回答的问题萦绕着我，质询着我。在这片地处关中西部的沃土上，是谁给工业重镇注入了强劲的力量，插上了经济腾飞的翅膀？又是谁点亮了渭河两岸的火树银花，将光明洒向千家万户？这一切正是荣膺过"全国五一劳动奖状""第十五届全国职工职业道德建设先进单位""中央企业先进集体"等多项殊荣的国网宝鸡供电公司。

国网宝鸡供电公司担负着宝鸡地区3区9县供电业务，供电面积1.82万平方公里，供电人口380万。近年来，公司在国网陕西省电力公司和宝鸡市委市政府的坚强领导下，深入贯彻党的十九大精神以及习近平新时代中国特色社会主义思想，牢牢把握高质量发展这一本质要求，以党建为统领，以安全为基础，以市场为导向，以客户为中心，以两个"三年工作规划"为抓手，以建设具有卓越竞争力的世界一流能源互联网企业为目标，在推动创新发展的道路上，实现了由优秀向卓越的层级式和递进式转变，形成了光明与文明相辉映、职业道德与企业形象同提升的良好局面。

一方水土养一方人。这是一句有文化内涵与社会学意义的文化命题，不仅指出了怎样养一方人，而且点出了养一方什么样的人的主题。具体而言，在公司良好进程影响下，人才能良好的、良性的可持续的进步发展。也就是说，什么地方的树木，自然会有什么样的年轮。公司在飞速发展，职工也快马当先。年轻工人周红亮光荣当选党的十九大代表，先后荣获"全国劳动模范""中国好人""大国工匠""国家电网公司特等劳模""国网工匠""陕西省优秀共产党员""陕西省道德模范""三秦工匠""陕西带徒名师"

等多项荣誉，老职工赵二宝荣获"全国劳动模范""全国道德模范"提名奖，职工蔡瑞杰荣获"中国青年志愿者优秀个人""中国最美志愿者""陕西好人"等称号。一大批"四德"模范如雨后春笋竞相涌现，积蓄了企业文明建设的软实力。

王阳明先生说："知是行的主意，行是知的功夫。知是行之始，行是知之成。"所以，对一个人来说，首先应该"知"，知道自己做事的目的和意义，然后才能"行"，才能很好地支配自己的行为，才能更好地为之努力。如此有"知"有"行"，想法和行动是统一的，不矛盾的，方有"知行合一"的可能。十八大以来，公司总经理周海军始终把全员创新作为促进员工与企业共同成长与进步的重要抓手，坚持全员立足岗位、立足实际开展平凡创新，建立长效激励机制，探索成果转化模式，连续四年开展"创新创效"活动，形成了全员"创行创想"的浓厚氛围，不仅在各部门、各单位、各专业诞生了许多好用、实用的创新成果、管理成果，也进一步提升了各项工作质量，提升了企业的创新力。如今，创新成了保持企业发展活力、推动公司持续卓越发展的强大动力。

便觉眼前春意满，东风吹水绿参差。

1月20日，以"新时代、新企业、新金融、新实业"为主题的第十五届中国企业发展论坛暨"十九大精神进企业"研讨会，在北京人民大会堂隆重举行。这是新年的第一台好戏，这是锦上添花不绝如缕的好事，国网宝鸡供电公司当之无愧地荣膺"2017年度中国创新力企业百强"殊荣，并在2017年度中国创新力、成长力、区域经济贡献百强企业中名列榜首。

据报载，此次大会由中国企业联合会、中国企业家协会指导，《中国企业报》集团、中国企业十大新闻评选委员会主办。大会揭晓了2017中国企业十大新闻，展开了"十九大精神进企业"研讨和纪念《中国企业报》创刊30周年系列活动。全国政协副主席陈元

巡线路上，周红亮与李彬老师、周海军总经理合影

为大会发来致辞，著名经济学家厉以宁在大会上作了《弘扬企业家精神》的专题演讲，全国政协经济委员会副主任石军，中国企联常务副会长兼理事长朱宏任等领导出席大会。中国石油、中航工业、中航科工、国家电网、中国电科等数百家企业领导近千人参加了大会。会前，中国企业家协会会长王忠禹、中国企业联合会副理事长于武、中国企联常务副会长兼理事长朱宏任等领导亲切接见了周海军总经理，对公司近年来的创新工作成效给予了充分肯定，并

勉励公司以职工群众为基础，持续开展岗位创新，保持旺盛的创新力，争当中国创新力企业百强的排头兵，为中国特色社会主义发展贡献电网企业的智慧和新力量！

潮平两岸阔，风正一帆悬。掌声和笑脸中，期待与鼓励中，周海军总经理代表所有基层企业，既相互尊重又坦诚相见，在大会做了题为《心向光明新时代　电亮美好新生活》的主旨发言，提出了一系列很值得研究和深刻领会的新观点、新概念，堪称真知灼见。这种殊荣，仅此一人，弥足珍贵。

尊敬的各位领导，各位企业家、新闻界朋友们：

大家好！我是来自国家电网公司陕西省电力公司国网宝鸡供电公司的企业代表，非常荣幸能参加本次盛会！衷心感谢大会给予我们基层企业的重视和厚爱！使我们深受鼓舞和鞭策！

2017 年 10 月，历史将永远铭记这个金秋——党的十九大开启了建设中国特色社会主义的新时代！国网宝鸡供电公司秦岭输电运维班班长周红亮光荣出席党的十九大，见证了这一神圣的历史时刻！也在我们企业成长史上留下了浓墨重彩的一笔！

秦岭输电运维班驻守在海拔 2200 多米的巍巍秦岭之巅。这个团队保障着新中国首条电气化铁路宝成铁路的供电安全，保障着陕、甘、川电力联网线路的可靠运行。他们远离城市和家人，心中有梦想，脚下有力量，把秦岭当车间，视铁塔为伙伴；他们当中，党员带头，肯钻研、善创新，环境虽苦不怕苦，海拔虽高志更高，首创了电力线路带负荷融冰技术、首倡了陕西"爱电日"活动、研发了"小黄人"输电线路除障精灵；他们组建了 500 多人参与的"917"社会公益团队，将爱心送到千家万户，感动了沿线的百姓，吸引了 300 多名群众成为护电义工，一起呵护着电力蜀道的畅通。

班长周红亮作为这个团队的"领头羊"，他"一心向党、一心干事"，总是走在前列、干在实处。20多年来，他挨过饿、吃过雪，被马蜂蜇过、被漆树"咬"过。秦岭，他比谁都熟悉；线路，他比对家人还清楚。20多个春节山中度过，200多座珠峰高度双脚丈量，他是秦岭山里的"活地图"、山民眼里的"好后生"，他的事迹在三秦大地广为流传。

秦岭输电运维班和周红亮，是我们企业的班站典型和鲜亮标志，他们事迹的这些画面，也从一个侧面展现了我们企业全员并肩战斗、奋发有为的精神状态。这些年来，国网宝鸡供电公司坚定党建强根铸魂，凝神聚力，走出了一条争先、创先、领先的创新发展之路，成长为全国"一流供电企业""中央企业先进集体""全国职工职业道德建设先进单位"，获得了"全国电力行业质量奖"。十年间，企业涌现出了2名全国劳模。三秦工匠、国网工匠、大国工匠迭代相济，企业的进步与员工的成长相辅相成、交相辉映！

从巡线工到国网工匠，从全国劳模到十九大代表，充分体现了以习近平同志为核心的党中央对工人阶级的重视和关怀。十九大闭幕后，周红亮第一时间回到班组，他心怀感恩地说："聆听报告，我生怕漏掉一个字。""宣讲十九大精神是一份沉甸甸的责任。"他是这样说的，也是这样做的。带着对十九大的感动，带着两本厚厚的笔记和心得，他以亲身的感受和见证，马不停蹄地投入到了十九大精神的宣讲中，向每位聆听者不遗余力地阐释着十九大的精神主旨。时至今日，他依然奔波在热情洋溢的宣讲中，尽最大努力在每一个角落唱响了总书记的"新思想"、新时代的"好声音"！

在班组，他谈创新。勉励工友："平凡岗位，也有大空间"，"苦干变巧干，平淡也会不平凡"。在企业，他讲实干。号召职工："把本职工作当作神圣职业"，"只有干出来的业绩，没有等出来的幸福。"在农村，他谈民生。告诉父老乡亲："总书记心系百姓、心牵民生。""十九大报告接地气、有底气！"

学习十九大精神，我们深切感受到新时代的召唤：用一流服务当好经济发展的"先行官",架起党和人民群众的"连心桥",让电网发展的新成果和社会、和人民共建共享!我们深刻领悟到新时代的价值:坚持人民电业为人民,牢记使命、融入新时代,以电相连、用心服务,让人民群众和全社会更有获得感、更具幸福感!

此时此刻,我们更加真切地感受到了承载中华民族伟大复兴中国梦的十九大,为我们发出了砥砺前行、继往开来的进军号令。身为国家电网基层企业,我们将脚踏实地、埋头苦干,发挥"一个党员一面旗帜"的带动作用,让员工立足岗位、建功立业;我们将站在新高度、谋划新发展,凝聚创新创造、向上向前的强大精神奋发力,让企业的价值盛开在实现梦想的壮阔征程上。

党建统领,赤心逐梦。强党建之基,兴业固本。我们将忠实把握"央企姓党"的根本属性,实施"旗帜领航"计划,将业务骨干培养成党员,确保党的十九大确立的理论和路线、方针和政策在企业内部得到全面贯彻落实。充分发挥企业党组织的政治核心作用、党员的先锋模范作用,坚持供电与用电并重、光明与文明同行,彰显"六个力量",践行"国网担当",奋力谱写党建发展新篇章。

志存高远,共建共享。为民生立志,安家强国。我们将高举劳动光荣、工人伟大的旗帜,坚持全心全意依靠职工办企业,将班组建设作为抓基础、抓基层、抓基本功的重要手段,培育高素质电网员工队伍。我们将坚持服务党和国家工作大局,以人民为中心,推进美丽乡村、阳光扶贫、家庭电气化等工程实施,努力承担更多的社会责任。我们将坚持服务美丽中国建设,勇参治霾攻坚战和蓝天保卫战;服务人民美好生活,打造便捷办电、舒心用电的心连心工程。

创新质量,提质聚能。以创新为要,面向未来。我们将大力弘扬"平凡创新不平凡"的首创精神,积极推进基层创新、全员创新;大力弘扬工匠精神,把握电力服务社会宗旨,升级以客户和群众为中心的现代服务体系和质量信誉体系，奉献更高水平的服务质量。

尊敬的各位领导、各位企业家朋友们：党的十九大描绘了"两个百年"的奋斗目标，吹响了全面建成小康社会的冲锋号角。2018 年是全面贯彻落实十九大精神元年，我们将全新启航，领会新思想、拥抱新时代，坚定初心、肩承使命，推动企业一步一步从优秀迈向卓越，与美丽中国建设同频共振，与人民美好生活同向共进！为实现伟大复兴中国梦贡献最大力量！

谢谢大家！
2018 年 1 月 20 日于北京人民大会堂

习近平总书记说，中国不乏史诗般的实践，关键要有创作史诗的雄心。面对火热的时代，面对焦灼的目光，面对大山深处的回响，周海军义不容辞地发出了诗意的宣言。采访期间，我听过周海军总经理在各种场合的几次即兴讲话，让人很有感触，也深受启发教益。大伙儿都觉得他讲得好，讲得实在、恳切。我以为关键说的是新话、真话、有用的话。首先，其中有别人没讲过的新观点，而且讲得明晰精当，这与境界和视野有关。其次，感到他讲的都是肺腑之言、经过深思熟虑的，而绝不是言不由衷的官话，或是不痛不痒、逢场敷衍的套话。我们关中有一句老话叫"开口见心"，是比喻讲话坦诚。我感到周海军总经理的话，有这样的表达魅力，往往是掏心窝子的话，一下子就把听众吸引住。这也是一位接地气的企业家人格魅力的外溢和发散，是一种亲和力。这是语言的魅力，也是人格的魅力。

迩来消息多春意，窗外寒梅梦已苏。我们常常说，言为心声。周海军先生的发言通透、自然，是诚挚的，是发自肺腑的，于往事的文字脉络中有一种切实的心解，不仅有时空穿越的酸甜苦辣，喜怒哀乐，也有对历史和人性道德洞察认知；不仅具有国企领导的现代精神和开放姿态，也与职工的生活和内心距离更近，息息相关。更为重要的是，它为陕西电网，宝鸡电网，为周红亮和所有电网人的人生轨迹和心路历程做出了语言质实而情采焕炳的注脚。让我们知道，每一个人都应该有创造的好奇心，那样才会为平凡的工作提供新的经验，带来新的意境，享受美的生活。

第二十三章　留给世界的只能是背影

　　欢乐是人生的驿站 / 痛苦是生命的航程 / 我知道 / 当你心绪沉重的时候 / 最好的礼物 / 是送你一片宁静的天空 / 你会迷惘 / 也会清醒 / 当夜幕低落的时候 / 你会感受到 / 有一双温暖的眼睛 / 我知道 / 当你拭干面颊上的泪水 / 你会灿然一笑 / 那时，我会轻轻对你说 / 走吧你看 / 槐花正香月色正明。

——汪国真《我知道》

　　为什么我的眼里常含泪水，是因为我对这土地爱得深沉！

　　包括，这条大河！

　　周海军说，身边这条河叫渭河，更大的名字叫黄河。小学的时候，教室墙上挂着一幅中国地图，他会时不时地踩在板凳上，看着这条蓝色的仿佛一个巨大的"几"字的长线，镶嵌在中国的版图上。那时他就对这条河的名字琢磨不透，为什么叫黄河，怎么不叫蓝河、绿河、红河？年岁渐长，关于河的名字的由来越来越清晰。上古时期，这条河域面宽阔，水量充沛，流水清澈，可能还没有名字，但并不叫黄河。《说文解字》只用了一个简单的"河"字；《山海经》里给河的后面又加了一个水，即称之为"河水"；《水经注》中注释为"上河"；《尚书》里又叫她"九河"；司马迁在他的巨著《史记》中称之为"大面河"；而《汉书·西域传》中又称为"中国河"。是的，她安静地流淌在中国大地上，叫中国河是理所当然的。然而，这条河就如同她的河道一样，不断地改道，也不断地改换着自己的名字。

其实，黄河水并非都是不清，得看是哪一段。汉朝初年成书的《尔雅》已注意到，"河出昆仑虚，色白。所渠并千七百一川，色黄"。即黄河在汇合众多支流前，并不浑浊。只是唐宋以降，河水中的泥沙日渐增多，才有人称其"浊河""黄河"。

黄河——一个直观、形象、沧桑，贴近于中华民族肤色的名字，一直被人们沿用至今。

周海军是在河边岸边长大的，每次回家他都习惯地站在离家门口不远的崖坡上，一语不发地默默地凝视着脚下滔滔北流的河水在不远处汇入渭河、黄河，继续向东流去。有时候，很长时间不说一句话，安详地享受着天地之间的静谧。他喜欢这种境界。静并不是空，不是寂，而是腾空自己，放下一切，在澄怀观道的心灵状态中，看到本来看不到的或平时视而不见的，感受到原本感受不到的，想到平常想不到的角度与内容……观察变得敏锐，落纸便成云烟。这对于一个真正的男人来说，实在是有如天赐。真正持久的东西本质上应该是静的，动是爆发力，转瞬即逝，静才是永久的。

心有灵犀。我也有这种感受，和海军一样地爱故土、爱家乡的河、山、岭、梁，爱家乡的人和事，魂牵梦绕，刻骨铭心，不能忘却！我和海军站在河边聊着苦辣酸甜、喜怒哀乐，想到哪里说到哪里，更多的话题是关于这条河。他说小的时候,河滩上苇子、野草长得密实,到处都是水鸟下的蛋,人钻到里面根本看不见。他说小的时候,河水很宽,自己只能游到一半就要折回来,自己害怕,也害怕家里人知道,村里年年都有被淹死的孩子。后来,他从日复一日、年复一年的流水中领悟到人生的真谛,默默承受着人生的重负,跌倒了爬起来,咬牙承受的时候也要走自己的路,这非常像水,因为,水可以装在不同容器当中但是永远在做自己。

我是关中周至人,山环为周,水绕为至,青山绿水一直是县域的文化符号。家门口流经的是黑河,黑河是渭河的主流,而渭河又是黄河的主流。和海军一样,在我的心目中,黄河很感性、很伟大、很遥远。很长时间里,我只是见过书本上的黄河,阅读和聆听过文字里、诗词里、歌曲里的黄河,让我心潮澎湃,热泪盈眶。我知道,河流肯定比人的历史久远,河流是人类历史的襁褓,河流也是人类文明的摇篮。我真正看见这条母亲河的时候,她流淌了多少年,又有多少村庄、多少人选择依赖这条河生息繁衍?人总是在路上,不经意一生就结束了。而河呢?自己的生命总在自己的血液里流淌,疼痛也只有自己能够感觉到。但枯竭的那个时刻,只有人能够看见,河本身是看不见自己身体的死亡。

看着远去的河水,缓慢、悠长,又似乎不想离去。尽管河水很浑、很黄,被新兴的工业文明糟践得日渐消瘦……污染、排放、断流在她的身上不断上演。但她总以宁静的方式喂养着流经地域的富庶和繁华。

太阳开始悄无声息地下落。大地一片霞光,河面一片霞光,眼前全是霞光一片。向黄昏,长河落日圆。落日总是那样圆,亘古不变。而长河呢,也会亘古不变吗?显然,这只是一句从辉煌遥远的唐朝走来的诗句,唐朝早已远去,诗句依旧被传承,而诗句中的长河明显已经没有诗句产生时那样长了。

望天地之悠悠,独怆然而"雪"下。

采访结束,我和周海军行走在大雪纷飞的渭河大堤。大寒时令过后,关中平原又下了一场透彻的大雪,纷纷扬扬,飘飘洒洒,让人感受到了寒凝大地、银装素裹的冬天味道。这么盈尺厚的雪,别说在初冬,就是在数九寒冬也是罕见的。"天上同云,雨雪纷纷。……既沾既足,生我百般。"俗语所说"瑞雪兆丰年",即今冬积雪,明年将丰之谓。不必"天大雪,至于牛目",盈尺就可成为足够的宿泽。尽管,瑞雪兆丰年,是一句老生常谈,不管这话是不是灵验,但我们两个庄稼人的后裔看到了千里冰封、万里雪飘,看到了玉树琼枝、银装素裹,看到了农作物有了覆盖、有了滋养、有了指望,也是一件愉悦开心的事。

冬天到了,春天就不会远了!

一年之计在于春。周海军开心地谈着宝鸡电网的过去、今天和未来,他开心地谈着周红亮的昨天、今天和明天。他激动地从大衣口袋里掏出一张纸,上面书写着一首词,词是他在 2017 年 5 月 17 日周红亮当选十九大党代表之后情不自禁写的,是写给周红亮的:

《念奴娇·点赞周红亮》

周君红亮者,丹心献电网。此情此性此品质,撼人撼企撼陈仓。盛会归来,调寄《念奴娇》以赞。

秦岭横亘,险无际,护线神鹰翔空。青春年华,光明梦,踏遍沟壑无悔。廿载风雨,融冰坚守,光明千家欢。铮铮铁军,岂容只览青山?

遥想变革初年,相偕宏图明,少壮弘毅。凭高眺远,谋略定,"五个争先"领航。唯新创效,贤俊竞相涌,红亮卓越。众志成城,定当扶摇鲲鹏!

诗言志，歌咏言。这里需要解释的是"五个争先"，这是一种全新的理念，是国网宝鸡供电公司近年来的发展总体思路，具体表现在作风率先、服务优先、管理领先、业绩争先、工作创先。在现代语境中，先是一种进步，是一种超越，是一种自信，是一种升华。

鲲鹏的志向是天空，鲲鹏的走向是飞翔——高高地飞翔！

雄关漫道真如铁，而今迈步从头越。

成功也罢，荣誉也罢，一切都属于既往，而光明和理想却永远属于未来。就像我们脚下的路，随着河道逶迤着、延伸着，一直向前，心朝着大海的方向！脚下的路不停地撩拨着我俩的思绪，我们也在路上无羁地放逐着谈话的内容。周海军兴致勃勃地谈到一个崭新的话题，"电化宝鸡"让人民群众更有幸福获得感。"再电气化"是一个什么概念，"电化宝鸡"又是一个什么样的目标？我不懂，他仔细地解释。

世界银行发布的《2018 年全球营商环境报告》显示，在 190 个经济体中，中国"获得电力"指标排名第 98 位，与世界先进水平存在较大差距。主要问题是程序环节数多、接电时间长、接电费用成本占人均国民收入比重高、供电可靠性失分四个方面。"获得电力"作为世界银行每年发布的全球营商环境报告中的重要内容，客观综合反映了各国家和经济体电网企业服务水平，是电网企业履行使命、服务社会经济发展能力的重要衡量指数。

2018 年元月，国务院首次常务会议的首个议题，即是部署进一步优化营商环境，表达了国家着力营造稳定公平透明的营商环境的决心与紧迫。1 月 20 日，陕西省人民政府印发了《优化提升营商环境十大行动方案的通知》（陕政办发〔2018〕5 号），以进一步激发社会投资创业活力，简化企业开办和注销程序，构建方便、快捷、有序的市场准入和退出机制。在宝鸡市第十五届人民代表大会第三次会议《政府工作报告》中,"电化宝鸡"首次被列入地方政府 2018 年十件大事,明确提出"电化宝鸡"工程,是加快实施乡村振兴战略、聚力打好脱贫攻坚战的重中之重,并投资 8 亿元,大力实施清洁替代、电能替代,加快"电化宝鸡"步伐,让更多居民享受供电优惠政策和优质服务。而作为承担地方经济社会发展大任的骨干企业,又是全国创新力企业百强的国网宝鸡供电公司,将在"平凡创新不平凡"的首创精神下,立足宝鸡发展长远,坚持人民电业为人民,创新供电服务方式,通过清洁能源替代和电能替代,为"电化宝鸡"提供基础支撑。

周海军说,新的奋斗目标已经绘就,关键在于如何抓好落实。公司最近集思广益、群策群力以加快推进"电化宝鸡"工程为目标,提出了"构建以客户为中心的现代服务体系,增强服务价值创造能力;推进服务模式转型创新,提升能源服务拓展能力;推进营销体制机制创新,精准实施'互联网+营销服务',全面构建全员一体化大服务新格局"的 2018 年供电服务新方式。与此同时,公司还将多措并举加快实施电网建设和农网升级改造力度,持续推进开展家电以旧换新、燃气炉置换、共享电动车等活动,全面推动电能替代助力治污降霾,引导社会能源消费转型升级,按期完成辖区内"三供一业"、合表小区"一户一表"改造工作,为人民群众提供"供电、管理、抄表、收费、服务""五到户"的优质服务,更好地服务于人民群众的美好生活新需求。

中国传统文化中有"天人合一"的理念,追求的是人与自然和谐统一的精神境界。生态文明作为人类文明发展的新阶段,正是遵循人与自然和谐发展这一客观规律。党的十九大报告中指出,建设生态文明是中华民族永续发展的千年大计,要"像对待生命一样对待生态环境"。这次宪法修正案中,增加生态文明建设的内容,强调物质文明、政治文明、精神文明、社会文明、生态文明协调发展,在表述上与党的十九大报告相一致,有利于引领全党全国人民把握规律、科学布局,是党对社会主义建设规律认识的深化,是对中国特色社会主义事业总体布局的丰富和完善。

地球只有一个,它是人类赖以生存的共同家园,需要我们共同珍惜和保护。如果家园被破坏毁损,人类将无法生存,更遑论文明发展。我相信,在国网宝鸡供电公司深入践行"人民电业为人民",坚持以客户为中心、以市场为导向,以电相连、用心服务的新思路下,2018年"电化宝鸡"这件折射着生态文明的大事会做得很精彩,更辉煌。

雪,越下越大,越大越好,瑞雪兆丰年。当然,也给人希望、力量和收获。

雪花霏霏,像空中撒盐,像柳絮飞舞,缓缓飘落,优雅别致,没有人不喜欢。有人喜雨,有人苦雨,却不曾听说谁厌恶洁白的雪。一片雪花含有无数的结晶,一粒结晶又有好多好多的面,每个面都反射着光,所以,雪才显得那样的洁白。雪的可爱之处还在于它的胸怀,广被大地,覆盖一切,一视同仁,没有差别。千里冰封,万里雪飘;山舞银蛇,原驰蜡象。苍茫大地,白茫茫一片银世界。这是毛泽东笔下的雪。竹枝松叶顶着一堆堆的白雪,杈芽老树也都镶了银边。朱门与蓬户同样的蒙受它的沾被,雕栏玉砌与瓮牖桑枢没有差别待遇。地面上的坑穴洼溜,冰面上的枯枝断梗,路面上的残刍败屑,全都罩在天公抛下的一件鹤氅之下。这是林语堂笔下的雪。异曲同工,抒写的是一种胸怀。雪就是这样的大公无私,装点了美好的事物,也遮掩了世间的污秽,虽然,不能遮掩太久。

银装素裹的庄稼地里有人在忙着,成为静寂景色里的一种点缀。有风从远方吹来,刚刚停歇的雪花,便又起身,蓬勃地奋飞,在日光中灿灿地生光。有风从身边吹过,送来树上最后一捧落叶,围拥着我们,在天际中无绪地舞之、蹈之,仿佛在展示着自己的艺术才能。树梢一天比一天光秃，谁也不会关注飞舞的枯叶的去向。随手抓一枚，仍鲜黄，是果树叶，带着完好的叶柄；有赭黄的，或半青半黄，可辨血脉似的叶络，依然有着生命的气息；这气息永远让我们沉迷，永远在我们心中根植传播，生生不息！这气息会让大地像一个沉睡日久的巨人，从东风呼唤里醒来，从宿根的悸动里醒来，从种子的胎音里醒来，从啼转的鸟语里醒来。仿佛，此刻，春之血脉、骨骼与筋络，如同旌旗一样在风里啪啪作响，翔舞吟唱。

道生一，一生二，二生三，三生万物；人法地，地法天，天法道，道法自然。

道乃天之长，德乃地之厚——从周红亮及所有的"周红亮"身上我们理会了"精益求精，技进乎道"的精神实质，也理喻了一个个有血有肉、有情有义、可亲可敬的中国工匠的精神气象！

后　记

　　文学即人学。文学就是写人性的，文字只是个外壳，思想和底蕴才是风骨。文字所承载的使命，最终目的是警示世人、启迪后人、传承文化，而非宣泄自己，表达小我。我始终认为，报告文学的意境最能体现出作者自身的气度、学养、阅历、性情。而要写出好的时代报告，当然，还有文学，作者就要站在天安门上想问题，走在田间地头找感觉，才能写出知天气，接地气，扬正气的作品，才能够带来"有高度，有力度，有温度"的正能量，让人感觉审美和愉悦。

　　文学是时代的反映，也是时代的标识。作家的洞察力并非与生俱来，它是思想培养，生活积累。它要求作家登高望远，做到胸中有道义，心里有大爱，肩头有责任，笔下有乾坤；也要求作家沉下心来，戒骄戒躁，匍匐大地，感悟新生活，发现真善美。2017年秋天，我应邀采访了全国劳模、十九大代表、国网工匠、中国好人等诸多荣誉加身的基层线路工周红亮先生，多天的朋友相处，多次的田野采访，我认为周红亮是这样一个人，他在喧嚣的天地间听到了良知的召唤，他在浮躁的社会里坚持道德的标高，他在眩晕的诱惑中坚守本色的力量，他在功利的迷障下追求工匠精神。当然，还有他的同事们。他们在极其艰难的条件下工作学习，不是为了成名成家，不是为了养家糊口，而把工作作为思考的材料，磨炼自己的思维能力，寻找平静中孕育辉煌的风范。总之，他们没有躺在岗位上，没有活在怨言里，而以"知识＋思想"的力行，来攀登寻找理想的途径，追求人生的卓越。这就是可敬可爱的宝鸡电网人。不管是产业工人还是全国劳模，不管身在基层还是站上领奖台，他们始终都会用卓越和创造发出时代的最强音。

　　鲁迅先生曾经说，文艺是国民的光，它总是不经意地表现出国民精神的状态。这是一个空前活跃、快速变化的时代，无数事件正在发生、消亡，一直躲在书斋里生活的我虽然无法时时置身其中，却从没有为此感到失落。在这里，我看到了当代青年的责任与担当，看到了中国工匠的自信与勇气，看到了一种大江大河亦承载不了的丰盈而厚实的爱，在身边宣泄决堤，我找到了激动、感动，甚至震撼的典范。所以，我走进自己的笔墨，去诉说他们的故事；当爱岗敬业成为景行行止的时代楷模，当尊重技能人才成为全社会的共识，工匠精神才会在各行各业开花结果。

周红亮们的故事远远不止于此，未来也不仅仅于此。他们在平凡的岗位创造了不平凡的事迹。曾经的岁月里，每一位电网人都是值得学习的榜样。电网也是满载艰辛生活和传奇故事的地方。行走在电网，每天都在感动，每天都有惊喜，每天都有赞叹。于是，我以文字的璎珞，缀起那些金子般闪光的碎片，尽量真实地保留和还原关于这些普通工人的感性内容、具体的、细微的工作与生活的细节；他们也许并不是时代的领唱人，却是道义的践行者。

我所采访的每一个人，创作的每一个故事，构成了宝鸡电网激情燃烧的岁月。我在写作中，救赎一般力求走进他们的内心世界，做到心与心的交流，坚持用白描的笔法叙述地域文化，耐心地写出有良知、有温度、可信服的人文情怀，在家长里短，春华秋实中抽丝剥茧，凸显出周红亮等一代代宝鸡电力人自觉自信行走在大地上的坚实感与真切感。书中引用了刘紫剑、净朝晖、张江涛、邵瑛、朱继周，李玉朋等人极富才情的文字图片，惠我良多，增色不少，向他们表示真诚的谢意！而由于专业知识欠缺，写作时间短暂，错误在所难免，向读者表示真诚的歉意！在采访创作过程中，得到了国网陕西省电力公司和宝鸡市委组织部的鼎力支持和关心指导，一并表示诚挚的感谢！

厚土高天，和风丽日，我常怀感念之情！

李 彬

2018 年 6 月 18 日于城南赞书房

附录 一

宝鸡供电局建局 50 周年
"风雨五十载——感动宝鸡供电人物"
（节选）

刘清泉

刘清泉，男，陕西省南郑区人，1936 年 10 月 11 日出生，1962 年调入宝鸡供电局工作，一直从事电网和生产技术管理工作。先后担任送电处副主任、生技科副科长、科长、副总工程师等职务。

刘清泉同志是宝鸡供电局线路方面的专家，他徒步参加1981 年凤县特大洪涝灾害抢险，提前完成供电任务，还组织成立宝凤线带负荷融冰科研攻关组，解决了输电线路覆冰难题，填补了此项技术的国内空白。

他不仅解决了宝凤线冬季安全运行问题，还解决了为宝天电气化铁路供电的 110 千伏宝坪、拓石线的冬不防冰、夏不防雷的棘手问题。同时，组织完成了多次 110 千伏线路的改迁和国家重点项目的供电等工作，因此宝鸡供电局受到宝鸡市政府的表彰，刘清泉同志也获得了宝鸡供电局嘉奖、1981年凤县发生特大洪涝灾害，他徒步深入凤县山区，往返三次，步行1300多公里，在现场勘测、绘图，制订了紧急恢复供电的实施方案，组织进行抗洪抢险，提前一个月完成了对宝成电气化铁路和凤县地区的供电任务。为解决老110千伏宝凤线导线结冰引起跳闸问题，宝鸡供电局成立了宝凤线带负荷融冰科研攻关组，由他担任组长，经过几年的艰苦努力，终于研制成功，1971年投入运行。工作期间，他狠抓电网技术改造，主要开展无功设备的完善和投运率，变压器有载调压改造及完善电压监测手段等工作，提高了宝鸡供电局供电质量和可靠性。他曾被西北电管局授予"陕西电力系统劳动模范"光荣称号。

张铁成

张铁成，男，陕西省西安市人。1933年4月出生，1957年参加工作。张铁成同志从20世纪50年代中期至1993年7月退休，一直从事变电工程的规划、设计、运行管理工作。

张铁成同志积极坚持进行科学研究活动，为宝鸡供电局送电线路带负荷融冰技术攻关做出了突出贡献，他撰写的论文获得了多项省、部级优秀成果。

他先后编写了《带负荷融冰》《送电线路带负荷融冰与覆冰自动检测》等优秀论文，在全国科技交流会上做了大会交流。他在生产活动中积累了丰富的实践经验，并积极坚持进行科学研究活动，由他主要参与的带负荷融冰新技术，能有效地防止线路覆冰危害，在我国是首创，是具有世界先进水平的科研成果。他研制的"GWA-110RZ 融冰组合刀闸"和"输电线路自动监测及适时安全融冰"等项成果，获得了西北电管局技术改进一等奖，适时融冰技术通过部、局级技术鉴定，申报技术专利，列入国家技术开发项目。他对自己所担任的工作高度认真负责，业务能力强，曾担任过多个项目的主要技术工作，都能独立地处理和解决地区电网较复杂的技术难题，圆满完成任务。张铁成同志对宝鸡地区电网建设做出了较突出的贡献，同时也培养了一大批电网建设的优秀人才，他是宝鸡供电局到目前为止，唯一一个享受国务院特殊津贴的同志。

刘栓锁

刘栓锁，男，陕西省眉县人，1956 年 11 月出生，1975 年 10 月参加工作至今，一直在汤峪变电站工作。

刘栓锁同志从参加工作就与运行结下了不解之缘，30 多年如一日，扎根山区、独饮寂寞，默默无闻、任劳任怨，将自己全部的热血和精力倾注在无比热爱的变电运行事业上，履行着一名电力人的神圣职责。

刘栓锁从参加工作至今，始终保持着高度的责任感和事业心，本着扎实、细致、严谨的态度和作风，时刻用党员的标准严格要求自己，用自己的实际行动带领全站职工团结奋进、精益求精，为变电运行工作做出了自己的贡献。他从1975年至1988年期间担任值班员，经历了汤庄线的投运，330千伏母线由三角形改为四角形接线。1988年至1992年在汤峪变担任值长，在此期间经历了调相机和串补站的退出。1992年至1996年在汤峪变电站担任安全员职务，在此期间经历了2号主变压器和220千伏系统的退出。1996年至今在汤峪变电站担任站长职务，在此期间经历了设备的多次改造和更换，也为本站的安全运行奠定了坚实的基础。他是一位"咬定青山不放松，恪尽职守干运行"的好职工，曾多次受宝鸡供电局表彰。

宋育焕

宋育焕，女，河南省淅川县人，1942年4月出生。1962年来到宝鸡供电局变电工区工作一直到退休。

宋育焕从20岁起在变电运行岗位上工作，32年如一日，立足岗位、踏实工作，将美好的青春一点一滴都奉献给了她所热爱的电力事业。

她是一个非常爱学习和钻研业务的人，工作30多年来，从来没有放松过学习业务知识，先后自学相关业务知识书籍70多本，是宝鸡供电局老一代变电运行专家。在她的带领下，曾为企业培养了一大批优秀的变电专业技术人才。她是一名老变电专业技术人才，对自身工作标准高、要求严，工作中她自己总结出了一套"看、听、嗅、摸"的基本操作经验，并多次发现设备重大缺陷；她还是一个非常敬业、勇于奉献、心里时刻装着电力事业的人，当得知爱人生病在医院抢救，为了不延误送电时间，她硬是克制自己的情绪，认认真真地完成了100多项操作项目，直到给客户顺利供上电后，她才放心的赶往医院。她30多年如一日，对待工作兢兢业业、一丝不苟，先后被西北电管局授予"安全生产标兵"和"操作能手"光荣称号；1987年被宝鸡市人民政府授予劳动模范称号；1988年被西北电管局授予"陕西电力系统劳动模范"称号。

赵二宝

赵二宝，男，河南省巩义市人，1977年参加工作，时任宝鸡供电局"二保紧修服务队"名誉队长。

赵二宝同志作为"二保"品牌的引领人，几十年如一日，把客户当作亲人，以行动赢得理解，用爱心、真情保客户满意、让政府放心，使得"二保"服务理念叫响了宝鸡，走向了全国。

"要修电，找二宝，二宝来了没嘛达"。在宝鸡市民心里，二宝就是一盏明灯，哪里断电摸黑哪里就有他的身影。十多年来，赵二宝带领的"二保紧修服务队"承担着宝鸡市区及西部山区部分乡镇共 680 平方公里范围内六百多公里供电线路、700 多台配变和开关、30000 多个各类中低压客户用电故障的紧急抢修任务。他忠实地履行着"365 天，天天都是服务日"的供电服务承诺，他带领"二保紧修服务队"队员每年平均处理客户用电故障达 4000 余次，实现了无一例责任性投诉。对孤寡老人、残疾人实行"连心卡"亲情服务，他常年如一日视客户如亲人，在平凡的岗位上"传播供电文明之光"。用电业职工的情怀撑起"人民电业为人民"的脊梁，谱写"我是供电人，千辛万苦为人民"的凯歌。如今，"一保客户满意、二保政府放心"已成为陕西省电力公司优质服务理念的代名词，宝鸡市服务行业的一面旗帜。他多次被评为宝鸡供电局劳模和宝鸡市劳模，2005 年他被评为全国劳模。

闫宗敏

闫宗敏，男，河南省孟州市人，1958 年出生，1975 年 5 月参加工作，时任工程处线路专责，宝鸡供电局技术能手。

2004 年体检，查出闫宗敏身患糖尿病，当时面临诸多繁重工作，他主动承担了施工难度最大的 330 千伏改造、跨越铁路等任务。领导和同事们知道后都劝他休息养病，可是他却说"在家里休息，会把我急死"。他没有休息一天，只是带着医生开的药，坚守在施工一线。2008年春节，南方电网遭受百年一遇的冰雪灾害，他二话不说，第一个到公司报到，踏上了抢险的征途。闫宗敏同志就是这样一个人，越是危险的工作，他越是抢着干，越是艰苦的担子，他越是抢着挑。多年来，他每次都是仔细地勘测现场的角角落落，不放过任何一个细小的环节，认真地分析可能出现的各种复杂情况，安全、优质、高效地完成了一项又一项艰巨的施工任务，为建设统一坚强智能电网默默的奉献着毕生的精力。

铁塔高耸抒壮志，银线纵横网春秋。30多年来，闫宗敏同志踏遍千沟万壑，晴天一身汗，雨天两腿泥，凭着顽强拼搏的精神，凭着坚韧不拔的毅力，凭借长期磨砺的硬功夫，他赢得了宝鸡供电局"六好"党员、宝鸡供电局劳模、陕西省电力公司技术能手等荣誉。

徐二立

徐二立，男，河南省郑州人，1957年1月出生，1980年参加工作，时任送电工区安监组安全纠察员。

1981年凤县发生特大洪灾时，他含泪离开身患重病的母亲，加入抢险队伍，徒步奔赴灾区。为了顺利完成任务，他咬着牙坚持工作，直到母亲撒手西去时也没能看到儿子最后一眼。

1981 年 8 月 19 日凤县发生大洪灾时，他和同事一道把灾区倒杆断电抢修恢复供电作为第一任务，连滚带爬，克服种种困难徒步 800 多里路，查清了线路杆塔 1287 基被毁、945 基倾斜的灾情，用铅笔绘记了宝凤线具体受毁的位置，为灾后抢修与重建赢得了时间。2000 年 7 月 110 千伏向留线更换瓷瓶时，由于过度劳累，加上疾病在身，是司机帮扶着他到每一个工作现场查安全、查进度、查质量，工作结束时徐二立瘦了 10 多斤，在群众中留下"风雨向留线"的佳话，曾多次被评为宝鸡供电局劳模、宝鸡市劳模和陕西省电力公司劳模。

高超凯

高超凯，男，河南省新郑人，1966 年出生，1983 年 12 月参加工作，时任工程处线路一班班长。

2008 年初春，肆虐的雨雪袭击了南方多个省市，多处断线倒杆，雪灾牵动着我们的心。高超凯原打算回山西过年，但接到命令后，他毅然义无反顾地奔赴到抗冰抢险的战斗中，风餐露宿、鏖战冰雪、带病坚持工作，为夺取抗冰抢险的全面胜利做出了积极贡献，真正的履行了"一名党员就是一面旗帜"的誓言。

他作为陕电铁军宝鸡第八分队的工作负责人，在抢修

"战场"山道崎岖、荆棘密布、冰雪覆盖、找不到上山道路的情况下，他带领抢修队员们以坚韧不拔的毅力披荆斩棘打通道路。山顶风大，杆塔高达30余米，每个指令都要靠喊，他连水都顾不上喝，几天下来嗓子几乎喊哑，脖子麻木。在抢修五下线 15# 杆时，他带病坚持工作，带领同志们冒着凛冽的寒风苦战三天，病痛、寒冷和疲惫在折磨着他，队友们看他虚弱的身体想劝他休息休息，但是一想到要早日给萍乡人民送去光明，沉甸甸的责任感使他咬咬牙继续坚持了下来，那时他心里只有一个字："值！"夜深人静，他还在制订第二天的施工方案，他多想和家人通个电话，但是为了不打扰同事，他把思念默默地藏在心里。第二天一早，又精神抖擞地投入到抢险工作中。由于在抗冰抢险工作中表现突出，他先后获得了国家电网公司、陕西省电力公司以及宝鸡供电局"抗冰抢险先进个人"荣誉称号。

任春一

任春一，女，陕西省华阴市人，1958 年 1 月 18 日出生，1978 年在宝鸡渭阳柴油机厂参加工作，1981 年调入宝鸡供电局工作至退休，变电运行高级工。

任春一同志长年坚持在变电运行工作第一线，30 多年如一日，刻苦学习技术，坚守工作岗位，认真努力工作，把自己美好的青春和年华都献给了电力事业。她不但热爱电力事业，同时她还具有一颗高尚的爱心。多年来，任春一同志一直坚持义务献血，有时是 3 个月献血一次，有时是半年献血一次，每次基本都是 400cc。截至 2009 年，她已经累计义务献血近 20 次，献血量达到了 8000cc。任春一同志在为挽救更多的失血病人的生命默默地奉献着无限的爱心。

李华民

李华民，男，河南省新郑市人，1934 年 2 月 24 日出生。1946 年在宝鸡蔡家坡陕棉九厂参加工作，先后在西北纺建公司、西北电力建设局工作，1962 年调入宝鸡供电局工作至退休。

羊有跪乳之恩，鸦有反哺之义，人都有年迈老去的一天。为了让自己的母亲安度晚年，李华民同志多年来一直坚持悉心照顾老人。在他的悉心照料下，他的母亲荣获了陕西省 2004 年第六届健康老人称号，2009 年 11 月迎来她百岁寿辰。

李华民同志为兄弟姐妹中老大，从 1957 年开始就和父母及两个弟弟一起生活。他平时工作很忙，不但要照顾老人，还要照管两个弟弟以及自己的子女，同时，还要接济自己的岳父岳母，工作和生活压力非常大。但是，李华民同志凭着一颗赤诚的孝心，克服种种困难，几十年如一日的照顾自己的母亲。退休以后，更是精心照顾老人的日常起居，让老人吃的可口，每天睡觉前给老人端热水洗脸洗脚，动员老人坚持锻炼。同时，他宽厚待人，教育子女孝敬老人，家庭和谐相处。在李华民同志和自己的老伴张桂华同志的精心照顾下，老人健康快乐的享度晚年。

吴铁柱

吴铁柱，男，江苏省镇江人，1958年出生，1975年8月被分配到宝鸡供电局送电工区工作，1977年到物资公司工作至今。

有句话说，夫妻好比同林鸟，大难临头各自飞。可是吴铁柱同志在得知妻子得了重症白血病后，不但没有嫌弃妻子，反而更是无微不至地照顾着、关心着她，6年来如一日的悉心照料，他用实际行动承诺了对身患重症妻子"我要照顾她一辈子"不离不弃的铮铮誓言。

随着病情的恶化，他的妻子基本丧失了生活自理的能力，6年来吴铁柱每天都在重复着家里、单位"两点一线"的生活，一大早就要起床烧饭，忙着买药、煎药，等妻子醒了，得背着她到屋外透透气，然后再一口一口地给她喂药；早饭过后，开始清洗衣物，照顾妻子，他可以说无微不至，妻子小便他每次小心翼翼地用皮管导尿，大便有时候还要用手去抠，按摩、搭洗每天如此，6年来他从没间断过。为不耽误自己的工作，他每次都是忙完家务后，又匆匆赶赴单位正常上班。这几年局城农网改造任务最重，吴铁柱同志兢兢业业，全力以赴地安排生产，有时连节假日都不休息，物资公司生产部在他的带领下，不仅连年超额完成生产任务，还为物资公司创造了良好的效益。有人问他，"你这样的苦日子，啥时才是头"，他回答说："我要照顾她一辈子"。

朱　雷

朱雷，男，陕西省宝鸡人，1977年出生，1996年4月参加工作，时任市区分局主任工兼"二保紧修服务队"队长。

作为"二保紧修服务队"的一名青年队员，朱雷以赵二宝为榜样，用实际行动传承"二保精神"，带领紧修队队员不断擦亮"二保"品牌。

朱雷同志带领"二保紧修服务队"这个以供电紧修服务为本的集体，足迹几乎踏遍了宝鸡市区和西部山区680平方公里的每寸土地，也完成了由紧修班、"二保紧修服务队"到"一保客户满意、二保政府放心"的"二保"服务品牌代言角色的升华。他曾先后荣获陕西省电力公司"优质服务明星""青年岗位技术能手""十大杰出青年"、宝鸡市"劳动模范"、陕西省"十一五职工经济技术创新十佳服务标兵"，被国家电网公司授予"供电营业十佳服务之星"和"劳动模范"称号。他带领的紧修服务队也被共青团中央、国家电网公司授予"全国青年文明号"。

任 颖

任颖，女，陕西省宝鸡人，1977年出生，1997年7月参加工作，时任调度中心自动化班班长。

任颖同志用铁人般的精神完成了一项又一项综合自动化改造工作。在抗震时期，为了千家万户的光明，毅然抛下年幼的孩子和年迈的父母参加了抗震救灾，为宝鸡电网正常调度运行做出了突出贡献。

2006年，在变电站综合自动化改造工作中，她全程负责110千伏黄牛变电站综合自动化验收这一艰巨工作，每天早上8点就出发，夜里11点才回家，而她的女儿当时还不满两岁。在黄牛铺全站设备停电期间，受设备、软件等影响，工作一再延期，她作为自动化工作负责人时刻在现场紧盯，曾经50多个小时没有合眼，饿了只有冰凉的馒头，困了用湿毛巾冷敷提神。当日中午工作结束后，工作人员在秦岭路边的小饭馆里吃便饭，当热气腾腾的扯面端到任颖面前时，已经饿急了的她，却无力举起手中的筷子，趴在桌上睡着了，当时在场的人都流出了感动的泪水。2008年5月，当局防震III级预案启动后，她强忍对家人的牵挂、对孩子的担忧，冲上调度大楼，将监控设备搬入临时调度室，确保了调度人员安全的对电网进行监视。任颖同志参加工作以来，始终刻苦钻研、勇挑重担、任劳任怨，时刻冲在的工作的第一线，用踏实努力地工作诠释着"奉献"二字，她对工作的执着态度和敬业精神，得到了周围所有人的好评和肯定，先后获得宝鸡供电局劳动模范、"六好"党员等荣誉称号。

附录　二

建党 90 周年宝鸡供电局"十大杰出共产党员"
（节选）

张　庆

张庆，男，汉族，中共党员，1966 年 3 月出生，1998 年 12 月参加工作，时任工程处主任工程师，宝鸡供电局电力工程技术专家。

1995 年担任线路二班副班长，2000 年担任线路三班班长，2003 年担任线路管理专责，2005 年被聘为工程项目部主任，2007 年至今担任主任工程师。曾四次被评为宝鸡供电局劳动模范、两次宝鸡供电局先进工作者，2008 年被评为宝鸡供电局抗冰抢险先进个人，2010 年被陕西省电力公司评为基建管理先进个人。

近几年，在宝鸡电网建设进入跨越式发展的历史机遇面前，作为工程处主任工程师，他带领线路各班组战严寒、斗酷暑，面对繁重而又艰巨的施工任务和安全生产的压力与挑战，攻坚克难建电网，强化施工安全管理，创新工程管理模式，完善施工硬件配置，安全、优质、高效地完成了历年陕西省电力公司、宝鸡供电局下达的各项线路改造、新建、抢修等工作任务，为建设坚强智能电网做出了卓越的贡献。

王碎田

王碎田，男，汉族，中共党员，1955 年 8 月出生，1974 年 12 月参加工作，2011 年 2 月因患胰腺癌病故。

1975 年至 1980 年在青海省军区警卫连服役期间，获得 3 次连级嘉奖。1992 年至 1998 年连续 7 年被宝鸡供电局党委评为优秀共产党员，1994 年至 1998 年连续 5 年被评为原西北电管局优秀共产党员，1993 年荣获宝鸡市金台区学雷锋先进个人，1998 年被评为陕西省电力公司系统职工跨世纪立功竞赛活动先进个人，1999 年获得宝鸡供电局创一流立功个人，1998 年至 2000 年连续 3 年被宝鸡供电局评为劳动模范，2001 年被宝鸡供电局党委评为优秀共产党员，2004 年被评为陕西省电力公司"技术能手"，2008 年荣获宝鸡供电局抗震救灾保供电先进个人、宝鸡供电局安全生产先进个人。

多年以来，王碎田同志的足迹踏遍了秦岭山川大地、汗水洒满渭水两岸，走遍了宝鸡地区60多座变电站、2000多公里的施工线路，优质高效地完成了各种施工任务，为宝鸡地区电力事业的发展做出了不可磨灭的贡献。他病逝前的两个月仍依然在段降线的施工现场工作，甚至在病魔缠身、躺在医院不能动的时候，还不忘打电话询问姜城线路改造方案的落实情况。他那种对党忠诚、公而忘私、吃苦耐劳、无私奉献的高贵品德，对技术精益求精、对工艺一丝不苟、对安全严肃认真、对工作尽职尽责的优良作风，是我们建设坚强智能电网、促进经济发展的宝贵精神财富。

胡月娥

胡月娥，女，汉族，1956年7月出生，1974年2月参加工作，时任思想政治工作部党建管理专责。

胡月娥同志从事党务工作已有30多个年头，她热爱党务工作，踏实做事，诚实做人，以自己的实际行动践行着入党誓言。她几十年如一日，牢记自己的使命和职责，认真履行组织管理职能，先后被宝鸡供电局党委授予优秀党务工作者荣誉称号，被陕西省电力公司授予奥运电力保障工作先进个人。

在工作中，她坚持刻苦学习党务工作业务知识，精通各项业务的具体流程和办理要求，成为党务工作的行家里手。花费大量时间，不断夯实党建工作基础，党建工作逐步实现了规范化。经常深入基层，广泛认真听取党内外群众的意见，积极做好党员发展工作。在时间紧、任务重、人员少的情况下，她精心筹备，主动承担了大量、琐碎、繁杂的事务性工作，圆满顺利完成了宝鸡供电局党委换届工作，受到陕西省电力公司及宝鸡供电局领导的一致好评。

曹学敏

曹学敏，男，汉族，1977年5月出生，1996年5月参加工作，时任变电工区主任工程师。

工作突出，先后荣获宝鸡供电局2006、2007年度"六好党员"，荣获宝鸡供电局2007年"优质服务明星"称号。2008年被国家电网公司聘为变电运行专业"优秀技能专家"，荣获宝鸡供电局首届"十大杰出青年"，陕西省电力公司"优秀共产党员"，2009年被中国电力企业联合会聘为"全国电力行业技术能手"，荣获陕西省电力行协"优秀班组长"，省电力公司"创争"活动"知识型职工标兵"，荣获2009年宝鸡市优秀青年岗位能手等多项荣誉称号。

他曾经在县功变电站、马营变电站、雍城变电站、市区集控站、变电工区、基建部、斗鸡操作队、330千伏段家变担任值班员、值班长、技术员、副站长、站长以及管理专责等职务。十多年来，他一直以高度的工作热情和强烈的工作责任心奋战在运行生产一线。尤其是担任330千伏段家变站长期间，他更是以站为家，将自己的满腔热忱和全部智慧投入到这个小集体中，和全站职工同心同德，由他带领的段家变电站已成长为宝鸡供电局乃至陕西省电力公司班组建设标杆，并先后荣获中华全国总工会"工人先锋号"。

范宝林

范宝林，男，汉族，1964年6月出生，1982年1月参加工作，时任工程处变电管理专责。

在担任变电管理专责期间，先后出色完成了宝鸡供电局及客户变电站的新建、增容改造、大修等工程项目，部分项目被评为优质工程，个人连续3年被评为宝鸡供电局劳动模范。

作为一名变电管理专责，范宝林同志多次担任大、中型变电站新建和改造工程的项目经理，作为工程项目的管理者、组织者，无论是对待系统的重点工程，还是客户的小型工作，均认真对待，切实负责。几年来，他始终坚持"安全第一、预防为主，质量第一、安全至上"的方针和管理理念，严格贯彻执行安全生产的各项管理制度、规定，强化项目部人员和班组施工人员的安全意识、质量意识，加强对各专业班组工作负责人、工作班成员的安全教育，狠抓施工现场的安全管理，保证各施工项目安全、优质、高效地完成。他以爱岗敬业、认真负责的实际行动践行了共产党员的诺言，处处先做表率，为电力事业的发展做出了贡献，赢得了上级领导的肯定和师傅、同志们的赞誉。

李新科

李新科，男，汉族，1962 年 7 月出生，1980 年 12 月参加工作，时任纪委、监察部专责，负责纪检工作、党风廉政建设、纪委宣传教育工作等。

李新科同志多年来抓党风廉政建设工作认真仔细，先后组织编印了《企业文化之廉洁篇》，多次牵头举办了廉洁文化展等活动，特别是他主抓的干部廉洁从业风险管理和反腐倡廉建设"反违章"专项工作，得到了陕西省电力公司纪检组的高度肯定。

他工作思路清、举措多，在他的策划下，进一步完善了宝鸡供电局"党风廉政"网页，实现了全局自主点播学习功能。他还积极做好传帮带工作，在他带领下，专业后备人员进步较快。多年来，他撰写的《生产建设领域反腐倡廉建设"反违章"探讨》《供电企业预防职务犯罪工作初探》等论文，分别在汉中交流会议、金台区人民检察院研讨会上交流工作，赢得了各级领导的好评。

李晓娥

李晓娥，女，汉族，1968年11月出生，1994年7月参加工作，时任宝鸡供电局信通中心信息专责，硕士学位，高级工程师，陕西省电力公司C级计算机技术专家。

在工作中，她立足本职，自强不息，塑造了争创时代新女性的现代知识型女性形象。她先后3次荣获"陕西省电力公司巾帼建功标兵"、2007年"宝鸡市第五届劳动模范"、2006年"陕西省电力公司十佳共产党员"、宝鸡供电局劳动模范等多项荣誉称号。

她身为班长，在班组管理上，以抓管理、练内功、提素质，保安全，打造和谐共赢的标兵班组为主要特点，与团队成员一起勇敢地挑起了企业信息化建设的重任。她带领的班组先后荣获陕西省电力公司先进班组，陕西省电力公司巾帼文明岗、宝鸡供电局"技术型品牌班组"及"标兵班组"等荣誉称号。身为专家，她先后在国家级专业技术刊物上发表论文10多篇，十几个项目获得陕西省电力公司科技进步成果奖励。

图书在版编目（CIP）数据

本色红亮 / 李彬著 . -- 西安 ： 西北大学出版社，
2018.7

ISBN 978-7-5604-4215-0

Ⅰ. ①本… Ⅱ. ①李… Ⅲ. ①报告文学－中国－当代
Ⅳ. ① I25

中国版本图书馆 CIP 数据核字（2018）第 176828 号

本色红亮

李 彬 著

西北大学出版社出版发行

（西北大学校内　邮编：710069　电话：029－88302621　88303593）

http://nwupress.nwu.edu.cn　E-mail:xdpress@nwu.edu.cn

新华书店经销　西安五星印刷有限公司印刷

开本：787毫米×1092毫米　1/16　印张：19.5

2018年7月第1版　2018年7月第1次印刷

字数：216千字

ISBN 978-7-5604-4215-0　定价：128.00元